Margarete Zorn
Der Herr Jesus kommt nicht

Margarete Zorn

Der Herr Jesus kommt nicht

Impressum

Bibliografische Information der Deutschen Nationalbibliothek: Die Deutsche National-bibliothek verzeichnet diese Publikation in der Deutschen Nationalbibliografie; detaillierte bibliografische Daten sind im Internet über dnb.dnb.de abrufbar.

© 2024 Margarete Zorn

Coverbild: Margarete Krause

Herstellung und Verlag:
BoD – Books on Demand, Norderstedt

ISBN: 9783758367564

Vorwort

Margarete Zorn, geb. 1939 in der Mark Brandenburg

Dieses Buch entstand, weil ich etwas, das mir als Kind so gefallen hatte, wiederentdeckt habe.
Stille zwischen den Worten. Abgeschaut bei meinem Vater, der im geheiligten Raum einer Kirche auf diese Weise die Wunder des Himmels verkündigte, wobei ich zuhörend eigene Geschichten erfand.
Nach dem Ausscheiden aus dem Berufsleben habe ich begonnen zu schreiben.
Angeleitet und gezügelt in einer Schreibwerkstatt im Schloss Agathenburg unter der Leitung der Schriftstellerin Jutta Heinrich, übte ich mich in der Kunst des Übertretens und des Weglassens.

Hier sind die nicht weggelassenen Dinge.

Inhaltsverzeichnis

Der Herr Jesus kommt nicht

Nun ja, pflegten die Eltern in Anwesenheit von Onkeln, Tanten und Gästen zu sagen, wenn von mir, dem entzückenden und außergewöhnlich fantasiebegabten Kind die Rede war, nun ja, das sei doch ein Gottesgeschenk, man müsse sich nicht beunruhigen. Dabei beließen sie es. Wie zum Trost strich man mir sanft über das Haar, mit Ausnahme meines Vaters, einem alten Vater, geboren noch im vorletzten Jahrzehnt des neunzehnten Jahrhunderts, Frontsoldat im Ersten Weltkrieg, wovon er kein Aufhebens machte, auch nicht von den vier Einschussnarben an seinem Körper.

Der Eltern Sorge war der neue Krieg, Frieden ihr Gebet. Und so entging ihnen, in welchem Netz häuslicher Rituale und ersonnener Geschichten sich ihr Kind verfangen hatte.

Sündhaft auf das Frömmste beschränkt.

Ich sah mich von Engeln umgeben, denen ich, wenn sie meinen langen Zopf entflochten hatten, zum Verwechseln ähnlich sah. Der Liebe Gott saß auf einem Stuhl neben meinem Bett und bewachte meinen Schlaf.

Und wenn mein Vater den Herrn Jesus mittags und abends zu uns an den Tisch bat, so war das unmissverständlich, auch für den Herrn Jesus, dessen Anwesenheit anzuzweifeln niemandem einfiel.

Für den Fall, dass kein Stuhl für unseren Gast frei gewesen wäre, hätte ich auf den meinen verzichtet.

Um den Herrn Jesus anschauen zu können, boten sich mir zwei Möglichkeiten: Ein Blick in das Schlafzimmer meines Vaters, was dessen Abwesenheit voraussetzte, oder der sonntägliche Kirchgang, was dessen dortige Anwesenheit voraussetzte.

Geputzte Schuhe, Ohreninspektion, Hände vorzeigen, das Sonntagskleid anziehen, das alles war es mir wert, wenn ich den wunderschönen Herrn Jesus in der Kirche sehen wollte. Voller Ungeduld umkreiste ich dann meine Mutter, die damit beschäftigt war, ihren Hut aufzusetzen, nie war sie zufrieden mit dem Ergebnis, die Bandschleife musste exakt an einer ganz bestimmten Stelle über dem rechten Ohre sitzen und das dauerte eben.

War ihr das endlich gelungen, mussten wir uns beeilen, große Schritte, kleine Schritte, über den Gartenweg, auf eine Chaussee, und schon war sie da, die Brücke, die den Fluss quert, unser Zuhause von dem Dorf und der Kirche trennt, aber auch das Dorf und die Kirche von der Welt. Gewöhnlich fand alle Eile hier ein Ende. Auch ging man nicht einfach über die Brücke, man überschritt sie, Zügel wurden angezogen, Autos fuhren langsamer, die Leute stiegen sogar von ihrem Rad ab. Für Kinder war sie mehr als nur eine simple Betonbrücke. Es ging hinüber und herüber mit Reifen, Stelzen, Schlitten, Dreirad. Auch Spucken war beliebt, es war so etwas wie das Abwerfen von kleinen Kümmernissen, wenn wir uns weit über das Geländer neigten und schauten, wie diese kleine brausige Prise auf das Wasser platschte und mit der Strömung unter der Brücke verschwand.

Im Sommer sprangen mutige Jungen von einem der Pfeiler in das Wasser, noch einmal und noch einmal, bis ihre Lippen begannen sich blau zu färben und sie sich widerwillig und zittrig dem Frieren ergeben mussten.

Hinter der Brücke galt es, sich zu entscheiden, entweder ging man nach rechts oder nach links, denn geradeaus liefe man gegen einen Gartenzaun. Entlang der Dorfstraße reihen sich die Hofstellen. Am Ende der linken Seite steht die Gastwirtschaft mit dem angebauten Tanzsaal, eine Bühne gibt es ebenfalls. Im Wirtshausgarten, auf der anderen Straßenseite am Fluss, kann man im Sommer Kaffee trinken und Blechkuchen essen. Von dem staubigen Wendekreis aus sieht man auf Felder und Wiesen. Von der Brücke aus auf der rechten Seite stehen neben den 14 Hofstellen Schule, Kirche und am Ende ein Fischerhaus, ohne Wendepunkt hört sie einfach auf. Am Horizont verschmelzen Himmel und Erde miteinander. Wir wenden uns nach rechts, vorbei an der Schule, von der ich mir alles versprach, ja, im Herbst endlich würde ich schlauer sein als der Fuchs es ist, gleich am ersten Tag!

In den schmal eingezäunten Vorgärten der Wohnhäuser blüht meist etwas Rotes oder Gelbes oder Weißes in kreisförmig angelegten Beeten. Wie irrtümlich steht vor jeder Hauswand eine Bank, nach getaner Arbeit sitzt und ruht man hier nicht öffentlich. Die Haustüren sind stets verschlossen. Ausgenommen hoher Besuch hätte sich angesagt oder der Arzt, welcher mit dem Auto käme, oder mein Vater, wenn der Arzt nichts mehr hatte tun können.

Sonntag ist Kirchtag und da hat es still zu sein hinter den großen Hoftoren.

Alltags überlagern sich Menschenstimmen und Tierlaute auf den Höfen, am schlimmsten die Kettenhunde, bellend rasen sie an einem Drahtseil hin und her, wenn man die seitlich in das große Hoftor eingelassene kleine Tür auch nur anrührte. Das machte die Botengänge, wie Eier und Milch holen, Grüße überbringen, zu unbeliebten Pflichten. Auch musste alles schnell gehen, denn das ist unter anderem die Arbeitsstelle für Knechte und Mägde, da durfte man nicht lange im Wege stehen. Wie gerne wäre ich in die Scheunen und die Ställe gegangen, hätte mit den anderen Kindern im Heu getobt, Verstecken gespielt, die Pferde gestreichelt, den Ferkeln zugeschaut, Enten und Gänse über die Straße zum Fluss gescheucht. Aber dann doch lieber nicht, denn wenn es dem Bauern zu bunt wurde, setzte es schon mal die Peitsche.

Die kleine, weiß verputzte Barockkirche steht mitten auf dem Friedhof, ein Hauptweg führt an mit Besonderheiten ausgestatteten Grabstellen auf das Portal zu.

Noch während des Glockengeläutes waren wir eingetreten und nahmen in der ersten Bank Platz. Unserer Bank. Diese erste Bank unterscheidet sich von den nachfolgenden durch eine Rundumeinfassung, in die ein Türchen eingelassen ist. Im Grunde ist das Privileg des Reservierens überflüssig, denn Platz ist reichlich, außer am Heiligen Abend, da strömen sie nur so heran, die Leute, das ganze Dorf. Dann ist die eisige Winterluft vor dem Kirchenportal erfüllt von dem bunten und aufgeregten Treiben der Kinder. Drinnen erst, wenn man Platz genommen hat, die dicken Wachskerzen am hohen Tannenbaum ihr warmes Licht verbreiten, das Orgelvorspiel mit einem langgezogenem Ton endet, mein Vater die Bühne betritt, erst dann setzt weihevolle Stille ein, ja, so könnte man es sagen.

An diesem Tag nun war er vorausgegangen, um mit der Organistin und dem Kirchendiener die Abfolge des Gottesdienstes zu besprechen und in der Sakristei den schwarzen Talar und ein Beffchen anzulegen. Es war schon vorgekommen, dass er das Beffchen vergessen hatte. Mutter deutete dann mit einer sichelförmigen Geste auf ihren eigenen Hals, woraufhin er noch einmal in der Sakristei verschwand und ordnungsgemäß gekleidet wieder heraustrat.

Stillsitzen fiel mir schwer. Weil es in der Kirche aber nicht nur am Heiligen Abend viel zu entdecken gab, mir niemand die Sicht auf den Vater und alles Heilige nahm, hatte ich keine Langeweile. All das Weiße, das Goldene, das Licht, das durch die hohen Fenster hereinfiel und der Liebe Gott, der zwar unsichtbar blieb und doch, wie ich wusste, in diesem Augenblick auf mich herunterschaut, verzückten mich. Er, der Schutzengel um Schutzengel geschickt hatte, wenn ich in Gefahr gewesen war, nicht wenige Male, wie die Eltern behaupteten. Dieser liebe Gott würde seine schützende Hand auch über meinen Vater halten, wenn er, am Altar unter dem großen Jesusbild, dem Grund meines Hierseins, um Gnade für die Sünder unter uns Menschen bat. Übermächtig und schwer hätte es ihn, wenn es sich aus seiner Verankerung lösen würde, erschlagen können. Der Gedanke hielt sich nicht lange, lieber malte ich mir doch aus, wie es auf dem Bild weitergehen könnte. Denn da findet ein Weltuntergang statt, ja so muss ein Weltuntergang aussehen, dachte ich. Düsterer Himmel, jagende Wolken, zuckende Blitze, aufgepeitschtes Wasser, ein Boot mit geborstenem Mast, nichts, an dem sich die darin befindlichen fünf Männer noch hätten festhalten können. Ein Inferno, gleich den Bombenangriffen draußen in der Welt. Aber hier ist Jesus anwesend, Gott sei Dank! Vorn im Bild, lebensgroß, eine lichte Gestalt, bekleidet mit einem hellblauen, weitem, langem Gewand, einem über die Schulter geschlagenen Tuch, welches zu seinen Füßen in einer grünblau und weiß schillernden Wellenschaumkrone endet. Mit ausgebreiteten Armen schreitet er barfüßig über das Wasser direkt auf das von einer hohen Welle nach oben gehobene Boot zu, aus welchem sich ihm zehn nackte Arme entgegenstrecken, zum Greifen nah. Ein, zwei Schritte, und der Herr Jesus würde die Männer retten. Niemand möchte sehen, was passiert, wenn das nicht geschähe, so meine quälerischen Gedanken. Jede Kleinigkeit auf dem Bild absuchend, schaute ich den in höchster Not befindlichen Männern in die weit aufgerissenen Münder, hörte ihre Schreie, weswegen ich mir mit beiden Händen die Ohren zuhielt, hoffend, dass sich dadurch um Gotteswillen mein Vater nicht beim Predigen gemeint fühlt. Bis zur Segnung und dem Amen lebte ich in der Erwartung, dass da auf dem Bild alles gut werden wird, jedenfalls bis zum nächsten Mal. Das Wunder der Rettung würde mein Geheimnis bleiben. Immer wieder, und immer neu.

Und doch kamen Zweifel auf, denn zuhause, über dem schwarz lackierten Eisenbett im Schlafzimmer meines Vaters hing ein anderes Jesusbild. Im Vergleich zu dem in der Kirche war es klein, kaum größer als eines meiner Märchenbücher. Trotzdem erblickte man es sofort, denn außer dem Bett, einem Schrank und einem Waschtisch war sonst nichts in dem Raum. Das Bild zeigt den Herrn Jesus am Kreuz. Schwarz auf Weiß. Ringsum nichts, kein Himmel, keine Erde, kein Wasser, nur er, der Herr Jesus mit Nägeln an ein Kreuz geschlagen. Das ist das ganze Bild.

Ich konnte nicht hinschauen, ohne dass meine Hände und Füße sich vor Schmerz zu krümmen begannen.

Zuhause fragte ich meinen Vater, wie diese beiden Bilder, das große in der Kirche über dem Altar und das kleine über seinem Bett in seinem Schlafzimmer zu verstehen seien, ob der Herr Jesus auf dem Bild in seinem Schlafzimmer so leiden muss, weil er den Männern auf dem Bild in der Kirche in Wirklichkeit vielleicht doch nicht zu Hilfe gekommen war.

Am Abend bei Tisch machten sich zwei Gebete nahezu gleichzeitig auf den Weg in den Himmel. Eines davon lautete:

Komm Herr Jesus sei unser Gast und segne, was du uns bescheret hast. Amen.

Das andere, ein stilles, zum Verbrennen heißes und von Suppendampf beflügeltes:

Lieber Herr Jesus, komm besser nicht, denn wer deinetwegen sein eigenes Kind schlägt, dem kannst du nicht trauen.

Amen.

Die Giraffe

Ich war noch klein und hübsch, als ich einem nicht viel älterem, aber sehr groß gewachsenen Mädchen begegnet bin. Vielleicht war es schon ein Schulkind. Es spielte mit seinen Eltern Verstecken im Park. Ich verglich es mit einer Giraffe. Giraffen sind große Tiere, man kann sie nicht übersehen, in der Savanne nicht und nicht in diesem Park. Aber das war offenbar falsch, denn das Mädchen wurde von seinen Eltern gesucht und gesucht, vielleicht konnten sie sich unter ihrem Kind nur ein Kind vorstellen.

Das Giraffen-Mädchen verbarg sich hinter kahlen Sträuchern, dünnen Bäumchen, und, das war nun wirklich zum Lachen, auch hinter meinem Rücken. Wenn die Eltern das Mädchen nach langem Hin und Her endlich in ihre Arme schlossen und es küssten, nannten sie es Satansbraten, unseren kleinen Satansbraten, haben wir ihn doch endlich wieder!

Ich fand, sie hätten doch schon viel früher über ihr Kind stolpern müssen. Zeitweilig gingen wir also den gleichen Weg, ihre Eltern, meine Eltern und wir, die Giraffe und ich. Ich sagte dem Mädchen, dass ich auch gern ein Satansbraten wäre und fragte es, wie man das wohl anstellen könne. Das weiß ich nicht, sagte das Mädchen mit den wunderschönen Augen, ich bin, solange ich denken kann, einfach ihr Satansbraten, bestimmt aber, weil sie mich lieb haben, denn ich kann tun und lassen was ich will, alles endet immer damit, dass sie mich in ihre Arme schließen und küssen.

Meine Eltern nahmen mich nur verdientermaßen in ihre Arme, zum Beispiel, wenn mich jemand vom Roller gestoßen hatte, ein blutiges Knie die Folge war und ich mit meinem Gejammer endlich aufhörte.

Später liebten sie mich wegen meiner Strebsamkeit, das passte in den Lebensentwurf, den sie für mich entworfen hatten. Abitur, Universität, sie standen mir zur Seite und waren stolz auf mich.

Nicht weit von der Universität entfernt gab es einen kleinen Zoo, in dem ich mich zwischen den Vorlesungen gern aufhielt.

Ich sah den stolzen Giraffen dabei zu, wie sie mit ihrem langem Hals scheinbar mühelos die Baumkronen erreichten und von den zartesten Blättern naschten. Ihrer Anatomie entsprechend benutzen sie dabei als Stütze ihre Hinterbeine, das setzt ein starkes Rückgrat voraus, konstatierte ich. Und ich bewunderte ihre Schnelligkeit, scheinbar ohne Anstrengung erreichen sie ein hohes Tempo, man sagt, sie liefen in freier Wildbahn, wenn Gefahr drohe, bis zu 56 Stundenkilometer schnell. Im Unterschied zu anderen Exoten geben sie nur sehr selten Laut.

Anlässlich meines fünfundzwanzigsten Geschäftsjubiläums, man spendete mir von allen Seiten höchstes Lob, sprach unter anderem von vorbildhaftem Führungsstil, Ausdauer und Durchsetzungsvermögen. Geschäftspartner, Belegschaft, Freunde, wirklich eine kollektive Umarmung, wie ich fand. Zu den zahlreichen Gratulanten gehörte auch eine Frau in etwa meinem Alter, die mir bekannt vorkam, aber nicht sofort einzuordnen wusste. Hoch gewachsen und mit wunderschönen großen Augen. Sie legte ihren Arm um mich, beglückwünschte mich, tat vertraut, als seien wir alte Freundinnen.

In meiner fixen Bilderinnerungsreihe tauchte ziemlich am Ende eine Giraffe auf, und als mir das Kosewort, dass die Eltern damals im Park für sie verwendet hatten endlich wieder eingefallen war, hatte sie sich bereits wieder entfernt.

Satansbraten, ja, das Wort nach dem ich gesucht hatte. Als wenn es wichtig für mich wäre!

Eltern

Niemals habe ich sie entblößt gesehen, meine Eltern doch nicht. Nacktheit gab es nur in Büchern und auf Gemälden, auf denen schöne Frauen abgebildet waren.

Die aus Holz geschnitzte lebensgroße Figur des gekreuzigten Jesus über dem Altar in der Kirche, das war der erste nahezu nackte Mann, den ich mir ansehen durfte. Es war ausdrücklich erlaubt.

Als Kind habe ich gar nicht wissen wollen, wie meine Eltern nackt aussehen. Zu Vater und Mutter wurden sie durch ihre Kleidung, Anzug oder Kleid.

Im Alter nun sind es verschiedenfarbige Morgenmäntel, lachsfarben und grau, sie tragen sie den ganzen Tag lang, verdecken damit ihre Nachtwäsche, Mutter ihre halblangen Hemden, im Sommer etwas Leichtes, im Winter angerautes Baumwollgemisch. Vater Gestreiftes.

Zur Schlafenszeit ziehen sie ihre Morgenmäntel aus und hängen sie über die Lehnen der Stühle am jeweiligen Fußende des Bettes.

Dann legen sie sich in das breite Ehebett. Vater in die Hälfte, die dem Fenster nahe ist, Mutter in die der Tür gegenüber.

Mit ihrer warmen, durch den Tag getragenen Nachtkleidung wärmen sie das kalte Bettzeug.

An der Wand über dem hohen Bettaufbau aus Mahagoniholz hängt ein Kunstdruck nach einem Gemälde von Albrecht Dürer, erkennbar nur noch für die, die es wissen.

Auf Rollen

Mutter liegt in einem Pflegebett, es hat Rollen und verspricht Mobilität. Sie selbst nimmt diesen Komfort nicht wahr, wenn sie darin ruht, leicht und durchsichtig wie sie geworden ist.

Als Kind habe sie sich ein Bett auf Rollen gewünscht, als Kind, sagt sie.
Ihr eigentliches Bett war ein gewichtiges Doppelbett, in dem sie schon lange Zeit allein gelegen hatte. Niemals wurde es auch nur eine Handbreit verschoben.
Nun verliert sie den Halt, weil das neue Bett sich in alle Richtungen bewegt. Auf meine Frage, wohin sie gerne möchte, hat sie keine Antwort.
Das ist nicht viel, aber der Rede ist es wert.
Ich wünschte, das Bett hätte Flügel statt der Rollen.
Sie trügen sie an den Ort ihrer Seligkeit.
Eine Feder im Wind.

Meine Tante Juliana

Sie kommt, sie kommt!

Jauchzend lief ich der Postbotin entgegen.

Ja, sie kommt, deine Tante kommt Sonntag, Sonntag Nachmittag! Hier hast du es schwarz auf weiß, mein Kind.

Von der Gartenpforte bis zur Haustür gewann die Postkarte an Farbe, Gewicht und Gewissheit. Lesen konnte ich noch nicht, aber trällern wie eine Nachtigall. „Lieder, Flieder, meine liebste Tante Lila kommt wieder" den ganzen langen Weg von der Gartentür bis in das Haus. Ich, der Tante kleines, ratterndes Räderwerk, mit dem heimlichen Wunsch, so zu werden wie sie, schön und von allen bewundert, der aber laut geäußert höchst unerwünscht war.

Schnell legte meine Mutter mir dann ihre Hand auf den Mund.

Das machte die Sache interessant, immer wieder hatte ich etwas aufgegriffen, was nicht für meine Ohren bestimmt war. Zum Beispiel, dass die Tante eine frühe Witwenschaft hinnehmen musste. Rein finanziell wäre das schon in Ordnung, aber vom wirklichen Leben hätte ihre kleine verzogene Schwester ja doch keine Ahnung, egoistisch lebe sie sich einfach aus. Man müsse doch im Rahmen bleiben! Nein, sie persönlich würde in gar keinem Fall mit ihr tauschen wollen. Das ganze schrille Theater, nein und nochmals nein! Man wisse doch, was alles so vorgefallen sei.

Als Kind konnte ich mir keinen Reim darauf machen, was das zu bedeuten hatte, für die Tante selbst, für meine Mutter und für meinen Vater, den es im Grunde gar nicht interessierte, was seine Schwägerin in Berlin, woher sie kam, tat oder nicht tat. Schwer erträglich, sagte er dann und entfernte sich. Trotz aller Vorkehrungen der Erwachsenen, Gespräche in Sachen Tante Lila vor mir geheim zu halten, hatte ich herausgehört, dass ihr erster Ehemann, Onkel Rudi, nach nur wenigen Monaten des Zusammenlebens mit ihr durch eine Uneinigkeit über den Gebrauch von wertvollem Porzellan zu Tode gekommen war, versehentlich.

Gerichtlich soll es sich dabei um einen Unfall gehandelt haben. Eine hohe Lebensversicherung und anderes hätten auf dem Spiel gestanden. Ein berühmter Anwalt habe jedoch das Beste aus diesem Unglück herausholen können. Wenn offiziell über den frühen Tod von Onkel Rudi gesprochen wurde, hieß das Geschehen "tragischer Unfall". Tragisch, tragisch, mir gefiel das Wort.

Auf meinen verschiedenen Lauschposten brachte ich in Erfahrung, dass zwei weitere Ehen, die sie in rascher Folge eingegangen war, kurzerhand von ihr selbst und ohne großes Trara wieder beendet worden waren. Natürlich nicht ohne finanziellen Zugewinn, so meine Mutter. Extravaganzen kosten eben.

Aus dem Munde der Tante hörte sich das für mich ganz anders an, denn wenn sie von ihrem unübersichtlich groß gewordenen Freundeskreis sprach, den Einladungen und Reisen, warf sie theatralisch ihre Arme in die Höhe und schrie: Hilfe! Rettung! Ich muss mich bei euch erholen!

Später erst verstand ich, dass meine Mutter darüber zu Recht empört gewesen war, denn da, wo wir lebten, schrie man nicht Hilfe! Rettung!, wenn nicht wenigstens die Scheune brannte.

Tante Lila spielte nicht die Dame, wie meine Mutter ihr gelegentlich vorhielt, in meiner Vorstellung war sie eine Dame - das konnte man doch sehen…! Zum Beispiel wischte sie sich mehrmals während des Essens mit einer Serviette die rot geschminkten Lippen ab und trank als einzige Wein, den sie vorsorglich mitgebracht hatte. Wenn sie sich mit einem silbernen Damenfeuerzeug eine Zigarette anzündete, was sehr interessant aussah, weil sie dabei schielte, war sie gezwungen, den einzig verfügbaren Aschenbecher zu suchen. Meine Mutter konnte sich von mal zu mal nicht erinnern, wo dieser abgestellt worden war. Ich hatte mir angewöhnt, dieses Gefäß aus schwarzem Marmor und den drei Einkerbungen, in die man zwischenzeitlich eine brennende Zigarette legte, im Auge zu behalten. So konnte ich der Tante oft einen Gefallen tun. Sie dankte mir jeweils mit einem Kuss auf die Stirn. Wer sonst tat das schon!

Auch hatte sie keine Kleider wie meine Mutter, sondern eine vielseitige Garderobe. Die leichten Gewänder umschmeichelten ihre aufrechte, etwas füllige Figur. Gern spielte ich mit den Stofffalten, ordnete sie über ihren Knien und freute mich, wenn der seidige Stoff plötzlich wieder auseinanderrauschte.

Den Knöpfen, Perlen und langen Gehängen an ihren Ohrläppchen galt mein besonderes Interesse, kannte ich doch nur die winzigen roten Herzchen, eingefasst mit dünnem Goldfaden, wofür sich jedes Mädchen bei einem Juwelier in der Stadt Löcher in die Ohrläppchen stechen ließ. Ich würde keine bekommen, das stand fest.

Die Villa der Tante im Grunewald liegt an einem See. So jedenfalls hatten wir uns ihr Anwesen zurecht gerätselt, denn auf dem Foto, das sie herumzeigte, konnte man zwischen hohen Laubbäumen einen hübschen Giebel und zwei Türmchen sehen. An einer Stelle im parkähnlichen Gelände glitzerte Wasser.

Mein Reich, sagte sie, und küsste den Glanz, der von der Fotografie ausging. Meine Eltern enthielten sich eines Kommentars. Je länger darüber geschwiegen wurde, desto größer wurde das Haus, das ich mir ausmalte. Wie in stiller Übereinkunft wurde ein Gegenbesuch niemals in Erwägung gezogen. Mein Betteln half da gar nichts. Sowieso betrachteten meine Eltern ihre häufigen Besuche als verwunderlich, denn im dritten und vierten Kriegsjahr war die Nutzung eines Autos nur noch zu Dienstzwecken erlaubt. Sie komme mit ihrem Auto solange sie will, sagte sie. Und damit Basta! Ihr lebt hier paradiesisch, einfach und ungestört. Bei uns sieht das ganz anders aus. Ich brauche Erholung!

In solchen Momenten wünschte meine Mutter für sich selbst wohl das gleiche, ihr Aufstöhnen war nicht zu überhören.

Jeweils drei wunderbare Wochen lang kreiste ich um die Tante herum, ließ mich herzen und küssen, bis sie sich unter Hinterlassenschaft verlegter Schals, vergessener Hüte, Toilettenartikeln und anderer Kostbarkeiten an das Steuer setzte und das Geräusch des Motors alle noch schnell hervorgebrachten Bezeugungen zerfetzte.

Im blauen Nebel der Abgaswolken lief ich dem Auto hinterher, bis eine Straßenbiegung es mir wegnahm. Ein Hupen noch, und aus die schöne Zeit. Auf dem Weg zurück schlug ich mit einem Stock auf die Bäume der Allee ein, trat Ameisen tot, stocherte in Mauselöchern herum, alles das, weil die geliebte Tante weg war und mit ihr die Sonne, und ich die angegriffenen Nerven meiner Mutter fürchtete.

Im Haus nahm ich ihre Fährte wieder auf. Als erstes durchsuchte ich das Zimmer, in dem sie geschlafen hatte und nun meine Mutter damit beschäftigt war, es aufzuräumen. Vor sich hin murmelnd raffte sie die angeblich tausend Handtücher zusammen, zog das Bettzeug ab und trug alles in den Keller. Meine Augen flitzten hin und her, schnell hatte ich alles eingesammelt, was nicht zu unserem Haushalt gehörte. Zum Beispiel einen in Silber eingefassten Zahnstocher und ein flaches Döschen aus Perlmutt, beim Öffnen fiel rosa Mehl heraus. Puder belehrte meine Mutter mich, das P betonend, als wollte sie Plunder sagen. Mit einem Handschuh aus feinstem

Leder, er hatte zwischen den Sofakissen gelegen, trug ich meine Schätze in ein Schrankfach. Mein Hort, in dem schon andere von der Tante vergessene Kostbarkeiten lagen, zum Beispiel ein langer gelber Schal mit Fransen, vier Haarklammern in jeweils anderer Größe und Form, ich meinte, sie seien vergoldet, ein Taschentuch mit einer Umrandung aus hellgrüner Häkelarbeit und gesticktem Monogramm, und ein Ding, von dem ich nicht wusste, wozu man es gebrauchte, bis heute nicht, außerdem ein weißes Stück Seife, fast neu, die Prägung einer Rose war noch zuerkennen.

Die Abstände zwischen ihren Besuchen wurden größer und größer. In Gedanken war ich bei ihr, wenn von den Bombenabwürfen auf große Städte gesprochen wurde. Hamburg brennt, hieß es, als eine ganze Nacht lang ein glutroter Himmel zu sehen war. Auch in Berlin hagelte es Bomben, wie man sich erzählte. Ich hatte große Angst um die Tante.

Im fünften Kriegsjahr kam sie nicht.

Sie habe viel Glück gehabt, schrieb sie, das Haus stünde noch zur Hälfte, und zu essen hätte sie auch. Aber das Leben wäre eben nicht mehr dasselbe.

Ich konnte mir die Zerstörungen, die die Bombenabwürfe anrichteten, nicht vorstellen, und dass ein Haus einfach so zur Hälfte verschwindet. Bei uns auf dem Lande war noch niemals etwas verschwunden, nicht einmal eine Hundehütte.

Kurz nach Kriegsende kündigte sie per Telegramm ihren Besuch an. Sie komme mit dem Zug. Am genannten Tag machten wir uns auf den Weg zum weit entfernten Bahnhof. Mit ordentlicher Verspätung schnaufte der Zug heran, bis er gewaltig zischend endlich zum Stehen kam und die Türen aufgestoßen wurden.

Ich bin abgebrannt, waren Tante Lilas ersten Worte, als sie ausstieg, total abgebrannt. Das Haus sei jetzt nur noch Schutt und Asche. Das, was sie auf dem Leibe trüge, sei so ziemlich alles, was sie noch besitze. Und über den Koffer gebeugt, sagte sie, stellt euch vor, außer einigen nützlichen Sachen für die Morgentoilette und ein wenig Wäsche habe ich nur noch Zeitschriften retten können, Modejournale, das einzige, was in den Trümmern noch zu finden gewesen war. Verdammter Krieg!

Den noblen Lederkoffer luden wir auf unseren von unterschiedlichsten Lasten ramponierten Handwagen und rumpelten damit über die Landstraße. Zuhause angekommen schenkte ich ihr den gelben Schal zurück und weil sie, wie immer, gut riechen sollte, auch die weiße Seife mit der Prägung.

Im April 1945 waren die Russen da. Mit Auto, Panzer und Pferd verstopften sie die Dorfstraße, besetzten alles, was ein Dach hatte. Von dem, was auf uns zukommen würde, musste die Tante etwas geahnt haben, denn wenn es brenzlig wurde, überraschte sie mit russischen Vokabeln, die sie einem Offizier entgegenschleuderte. Und das war häufig der Fall.

Der Offizier schloss sie in seine Arme und küsste sie auf die Wange. Dank ihrer Sprachkenntnisse durften wir nach kurzer Evakuierung auch wieder in unser Haus zurückkehren.

Der Offizier beschlagnahmte unsere große Kalte Pracht, ein Zimmer in dem die Sonntagsmöbel standen, Esstisch, Stühle, eine Kredenz mit Aufbauten, das schwarze Klavier, einige Polstermöbel und ein hoher, weiß gekachelter Stubenofen mit einem vergoldeten Engel an der zulaufenden Spitze. Er kommandierte drei eigens für ihn abgestellte Soldaten herum, sie hatten für unsere Sicherheit zu sorgen und dafür, dass wir nicht weiter ausgeplündert wurden. Meine Mutter musste sich wegen der nächtlichen Übergriffe auf Frauen nicht mehr verstecken, wofür sie sich ihrer Schwester gegenüber zu ewigem Dank verpflichtet fühlte. Vater bekam seine Standuhr, seine Schreibmaschine und die grüne Tischlampe zurück. Auch die Fahrräder fanden sich wieder an. Als Dank dafür wurden täglich drei frische Hühnereier für den Beschützer abgespart. Druschba.

Die Tante war tagelang mit dem Offizier unterwegs und dolmetschte. Darüber wurde nicht gesprochen. Ich fiel mit meiner Fragerei allen auf die Nerven.

Die Verhältnisse waren noch immer angespannt, die Russen kaserniert, alles Getreide musste abgeliefert werden, Brot hätte auch West-Wunder heißen können, so knapp war es. Niemand wusste, wie es weitergehen sollte.

Eines Tages knallten Türen, in den Schränken klirrten die Gläser. Der Offizier, der gekommen war, um die Tante abzuholen, suchte alle Zimmer, den

Keller und den Boden nach ihr ab. Es herrschte dicke Luft, selbst ich begriff das und tat, als gäbe es mich nicht, versteckt hinter einer Tür. Meine Mutter flehte den Himmel an. Mein Vater, dessen Arbeitsplatz der Schreibtisch war, verschwand im Garten, legte sich mit den Bäumen an, sägte verdorrte Äste ab und machte Kleinholz daraus.

Tags zuvor war die Tante über die grüne Grenze in die westlich besetzte Zone geflüchtet! Das galt als todesmutig. Meine Eltern wussten natürlich, dass sie darüber nichts zu wissen hatten.

Die nagelneue Kleidung, Geschenke des Offiziers, packte meine Mutter in den Lederkoffer und brachte ihn auf den Boden. Ganze Nachmittage vertrödelte ich vor dem Koffer, probierte alles an, wickelte mich darin ein und suchte im Sonnenuntergang den Westen.

Auf Grund unserer engen Beziehungen zum Klassenfeind trafen in regelmäßigen Abständen Pakete von dort ein, angefüllt mit Mangelware wie Puddingpulver, Kaffee, Kakao, Reis, Kondensmilch, Seife, Rasierklingen, Nägel. Schokolade war selbstverständlich. Tante Lila hatte uns nicht vergessen!

Zu meiner Konfirmation bekam ich von ihr den Stoff für ein feierliches, schwarzes Kleid und meine ersten Nylons. Einige Jahre später glänzte ich auf dem Tanzstundenabschlussball mit hellgrünem Taft und schwarzen Lackschuhen.

Die Perlenkette, die dem Paket beigefügt war, durfte ich nicht anlegen. Unecht, sagte meine Mutter, als sie diese prüfend durch ihre Hand gleiten ließ, und verwahrte sie doch wie eine Kostbarkeit in einem aufwendig gestalteten Karton, in dem einmal Pralinen der allerfeinsten Art gewesen waren, ein Geburtstagsgeschenk von Schwester zu Schwester, noch zu Friedenszeiten, wie sie sagte.

Ende der Fünfziger Jahre, als in unserem noch jungen sozialistischen Staat verbotenerweise die Wunder des Westens grell aus den ersten Fernsehschränken flimmerten, ich war 19 Jahre alt, machte ich rüber, so wurde ein illegaler Grenzübertritt von Ost nach West genannt, in diesem Fall eine Sektorengrenze in Berlin.

Auf Republikflucht stand Gefängnis.

Meine Tante nahm mich auf wie eine Tochter; sie war verliebt in einen Amerikaner. Wir hatten eine schöne Zeit, schauten uns gern amerikanische Filme an, aus besonders harmonischen Szenen leimten wir uns eine wunderbare Zukunft.

Im Jahr 1961, als in Berlin die Mauer errichtet wurde, ist Tante Lila plötzlich wie vom Erdboden verschwunden.

Amerika?

Epilog

Einmal im Monat gehe ich in ein kleines Kino ums Eck, ein Relikt aus DDR-Zeiten, schaue mir amerikanische Breitwandfilme der Sechziger Jahre an; Doris Day-Tage. Dritter Sonntag im Monat, 17 Uhr.

Man kennt mich, 14. Reihe, Platz 14?

Ja bitte, 14. Reihe, Platz 14.

Und ja, es sind artige Familienfilme, in denen eine jeweils hinreißend anzusehende blonde Lady die Hauptrolle spielt, über dem Cocktailkleid trägt sie eine weiße, fleckenlose mit Rüschen besetzte Halbschürze, managt eine blitzblanke Küche, überwacht gefüllte mannshohe Kühlschränke, Mixer, Allesschneider, Entsafter, Toaster, Elektroherd, Backröhre, alles so, als sei sie zu nichts anderem geboren worden. Ohne jede Anleitung bereitet sie für ihre Familie Menüs zu, bestehend aus Säften, Suppen, Salaten, Fleisch, Geflügel und Eiscreme. Ach, was sage ich, alles um sie herum scheint sonnig blond, auch die Rasselbande an einem Tisch, groß wie eine Tischtennisplatte. Aus dünn gerolltem Teig werden Herzchen, Sternchen, Engelchen gestochen, der Spaß überträgt sich auf den Briefträger, der die Sendung noch persönlich überbringt, um dann von Lassie wieder hinausbegleitet zu werden.

Und mit einem wunderbaren Dad, der nach einem anstrengenden Büroalltag ausgeruht nach Hause kommt, ohne Murren noch schnell den Rasen mäht, bevor es den Drink am Kamin gibt.

So eine Familie lebt selbstverständlich in irgendeiner idyllischen Vorstadt in einer mit Alleebäumen gesäumten stillen Straße in einem weit zurückliegenden Bungalow, dessen weiße Eingangstür mit silberbeschlagenem Klopfer versehen ist.

Oder den Streifen mit dem idyllischem Garten an der kalifornischen Küste, hauseigenem Swimmingpool, Plastikschwan, Blick auf das Meer, in dem eine fünfköpfige Familie....

Oder den, in dem die leicht bekleidete Doris beschwipst. …., zauberhaft! Doris, dritter Sonntag im Monat, 17 Uhr.

Ein Foto

Ralph, kannst du mir bitte sagen, um welche Frau es sich auf diesem Foto handelt? Sie ist so schön, dass ich sie heiraten möchte. Könntest du das für mich arrangieren?

Aber gern Vater, lass sehen, vielleicht lässt sich da etwas machen. Ann Katrin! Ich habe sie sofort erkannt.

Die dunklen, etwas verschatteten Augen, die hohen Wangenknochen, die üppigen Lippen, das nach hinten zusammen gebundene schwarze Haar mit den unnatürlich lichten Flecken, etwas übertrieben auf dem vermutlich in einem Studio aufgenommenen Foto, ein künstlerisches Künstlerfoto. Doch und doch und doch Ann Katrin!

Vater, weißt du, wer dir dieses Foto gegeben hat?

Nein, schau, es lag in diesem Karton, zusammen mit den anderen Fotos. Ganz obenauf, verstehst du, mein Sohn, ganz obenauf. Weil diese Frau mich heute Nacht besucht hat, lag das Foto eben obenauf, verstehst du? Und, weil ich sie heiraten will natürlich.

Wie dieses Foto in seinen sogenannten Ewigkeits-karton gelangen konnte, ist unerklärlich, nahezu ungeheuerlich! Wie konnte das nur geschehen sein! Beate wird das wissen. Ja, Beate, sie war es, die mit größter Sorgfalt und Umsicht seine Übersiedlung in die Seniorenresidenz, und unseren Einzug in das Elternhaus organisiert hat. So unendlich viel musste bedacht werden. Festumzüge waren das nicht.

Vater durfte seine Lieblingsstücke mitnehmen, von einigen Sachen wusste er nicht mehr, dass er sie vormals überhaupt besessen hatte. Dazu zählt gewiss auch ein Foto.

Immer wieder dankt er uns für die Mühe, die er uns durch seinen Umzug bereitet hat, dankt immer wieder, immer wieder, immer wieder. Das erinnert mich an die alte Schellackplatte, eine seiner Lieblingsplatten mit Maria Callas aus Norma. Als Kind hatte ich die nicht leiden können und ihr absichtlich eine Verletzung zugefügt. Trotzdem oder gerade deswegen hat er mich gezwungen, die defekte Stelle anzuhören, immer wieder, immer wieder, Casta Diva, Casta Diva, Casta…...

Das Foto, man muss es ihm wegnehmen. Würdest du das übernehmen Beate? Mir hat er es partout nicht aushändigen wollen.

Mein lieber Ralph, ich kann verstehen, dass dich das aufregt, aber bitte, mach nicht mehr daraus als es ist. Ein Foto ist ein Foto und kein Geist. Einstweilen lass ihm das Foto, morgen hat er eine andere Idee. Vielleicht wird er das Eiserne Kreuz deines Großvaters in der Hand halten, um dir die Streifschussverletzung an seinem zu Hals zeigen, selbst zugefügt, wie du weißt…...

Meine liebe Beate, du magst wohl recht haben, was ihn betrifft, hier geht es jedoch sehr wohl auch um mich, kannst du das nicht verstehen?

Aber Ralph, dich trifft doch gar keine Schuld. Seitdem wir hier leben sind deine Selbstbeschuldigungen geradezu rituell. Lass ab davon!

Beate, sie steckt eben nicht in meiner Haut. Sie ist so anders geworden, schreckt zusammen wie die winzigen Lebewesen, die zum Haus gehören, sich zurückziehen, tot stellen, nur noch Augen.

Ralph, du warst ein Kind, als Beate sich zu dir in dein Bett geflüchtet hat, ein Schutzersuchen war das. Du warst ihr Bruder! Jeder Richter würde dich freisprechen. Anders als damals deinen Vater. Lass uns in den Garten gehen, der Lavendel blüht.

Ach, der Lavendel blüht.

Weißt du, Beate, es wäre schön, Ann Katrin wiederzusehen.

Der Besuch

Eine Freundin ist angekommen. Von Weitem schon habe ich ihren Flügelschlag vernommen, die Türen öffnen sich wie von selbst.

Ein Rascheln wie Daune auf Daune erfüllt die Luft, bis sie an meiner Tafel sich niederlässt.

Sofort ist es ihr Revier. Behaglich zupft sie die Erschöpfung aus dem dunklen Gefieder über der sehnigen Bleiche ihrer Haut.

In ihren Schwingen die ganze Welt!

Grenzenlos meine Bewunderung für das majestätische Gleiten und Schweben und in hoher Luft, Verletzungen eingeschlossen, zugefügt im Sturzflug auf eine Beute.

Es ist das Jagen, das ich ihr neide, die blitzschnelle Entscheidung, alles riskierend wie im Fieber.

Niemals werde ich in der Glut des Horizontes verbrennen wie sie.

Lasse Vorsicht walten, beeile mich, eine gebrochene Feder zu bemerken, schiebe ihr die besten Brocken zu.

Niemals wird sie sich wünschen, so zu sein wie ich.

Eine Verweigerung

Ein neuer Tag. Ein guter Tag?

Von meinem Bett aus schaue ich auf einen Fenstervorhang in den eine Dschungel-Landschaft in Cremeweiß eingewebt ist. Schaut man genauer hin, erkennt man eigentümliche Wesen, nicht unähnlich Tigern, Leoparden, Löwen, Flamingos und Paradiesvögeln.

Wäre eine Bühne mit dieser Besetzung meiner Fantasie entsprungen, wer weiß, zumindest müsste ich beunruhigt sein.

Ob es mir wohl gelingen könnte, auch ohne meine Sehhilfe aus dem bodenlangen Tüll wieder herauszufinden?

Und noch während ich das denke, taste ich nach der Brille auf dem Nachttischchen.

Durch die Gläser hindurch ist nichts zu erkennen, absolut nichts, mehr noch als nichts, wenn Schwarz weniger als Nichts ist.

An den Gläsern liegt es also nicht, klarer könnten sie nicht sein, das sieht man. Im Durchblick bieten sie jedoch nur schwärzestes Schwarz. Man muss sich nichts vormachen, schwarz ist nicht gleich schwarz. Ich weiß das, kenne mich da aus.

Immer weniger zuversichtlich setze ich sie auf und auf und auf, zum verrückt werden vergeblich. Von Zorn gepackt werfe ich sie zurück in das Etui, sperre sie ein, wie man ein tolles Tier einsperrt.

Labil

Wann hatte man sie in mein Zimmer gebracht, die Frau, still, alt? Älter? Vorgestern? Ja, es muss Vorgestern gewesen sein. Am Nachmittag?
Zimmer. Zwei Betten. Grüne Wände. Tischchen mit Glasplatte. Gelbe Papierserviette. Zwei Stühle. Schrankwand. Schwingtür. Panoramafenster. Aussicht.
Alles wird gut, so die Prognose. Nichts wird gut! Gesten lügen, Pendel schwingen. Das Leben auf beides verwetten, ha, das ist gut. Gut wie Morphin im Kopf.
Pirouetten drehen auf Messers Schneide,.... und weg bist du.
Stundenüberhang schlägt Löcher in den Tag. Die Sonne ein Monster und hört nicht auf, Glutwellen stürzen herein, lecken am Bettzeug der Frau.
Wenn du an Schlaf denkst, kommt er nicht.
Zimmer. Zwei Betten. Grüne Wände. Tischchen mit Glasplatte. Gelbe Papierserviette. Zwei Stühle. Schrankwand. Schwingtür. Panoramafenster. Aussicht.
In dieser Nacht. Die Frau,..... bedeckt mit einem Tuch, 4 Uhr 35. Nach der Decke strecken, wenn sie reißt, der Himmel kostet!
Zimmer. Ein Bett. Grüne Wände.Tischchen mit Glasplatte. Gelbe Papierserviette. Zwei Stühle. Schrankwand. Schwingtür. Panoramafenster. Aussicht.

Ein paar Schritte riskieren, in Zimmernähe bleiben, und immer an der Wand entlang......

und wieder zurück, und die Klinke herunterdrücken. Die Klinke, sie gibt nicht nach.

Das soll ein Krankenhaus sein! Was kümmert das die Klinke.

Wenn du zurück in dein Zimmer willst, bedenke, ob du hinausgegangen bist.

Hörst du? Hast du das verstanden? Ja, das weiß ich doch.........!

Zimmer. Zwei Betten, Fenster. Grüne Wände. Tischchen mit Glasplatte. Gelbe Papierserviette. Zwei Stühle. Schrankwand. Schwingtür. Panoramafenster. Aussicht.

„Guten Morgen Frau Reuter, schön, dass sie wach sind, wie geht es uns denn heute?"

Warten

Es ist da drinnen in meinem Schlafzimmer, lauert in meinem Bett. Auf dem Laken spätestens greift es nach mir, schon hat es das Hemd berührt, den Kopf, die Haare.

Abschneiden sollte ich sie, die Haare, wenigstens den Kopf retten. Aber wie sollte ich das erklären, lächerlich und so übertrieben..

Das kühlende Kissen, ganz kurz nur nimmt es die Hitze aus der Erwartung. Vielleicht sollte ich es doch weglassen, das Kissen, und alles wäre gut? Eine Weile wenigstens.

Sag mir doch einer, wie ich diese Qual verschlafen könnte! Auch auf mein Bett würde ich verzichten dafür.

Denn bestimmt liegt es am Bett. Vielleicht sollte ich vor dem Bett einschlafen und mich dann erst hinein-legen.

Ja, so könnte es gehen... .

Soziales Plastik

In der Ausstellung „Vermessung" Fotografie, Installation, Malerei, Video, Zeichnungen im Schloss Agathenburg im Jahre 2009 hat mich ein Foto mit dem Titel "Soziales Plastik" von Boris von Brauchitsch dazu angeregt, den folgenden Text zu entwerfen. Das Fotobild zeigt verschiedenfarbige Plastikgießkannen, dicht an dicht aufgereiht an einem Gestänge auf einem Friedhof.

Fünfunddreißig Gießkannen, nur drei davon in Betrieb. Wen wundert das bei dieser Affenhitze! Im Normalfall wäre zu dieser Tageszeit Hochbetrieb an den Stangen.

Dabei haben wir schon September.

Den ganzen Sommer über war schon nichts los hier auf dem Friedhof. Juni, Juli verregnet, auch der August von Anfang bis Ende, ja genau bis zum Achtundzwanzigsten, die Zeitungen haben große Schlagzeilen mit dem Biscaya-Tief gemacht.

Für die Blumen auf den Gräbern war das okay. Und nun dieses Sommeraufbäumen!

Heiße, windige Krawallwolken wälzen sich durch die Straßen, bündeln, was sowieso weg soll, Staub, Papierfetzen, Plastikteile, Zigarettenkippen, Blechdosen. Es scheppert und kracht.

Und hier auf dem Friedhof, wo sonst unbedenklich durchgeatmet werden kann, husten die Leute nun braunen Saharasand ab. Wer nicht unbedingt raus muss, der bleibt zu Hause, und klar, wer holt sich denn schon gern den Tod direkt vom Friedhof ab!

Obwohl, gerade bei dieser Trockenheit müssten die Pflanzen gewässert werden!

Aha, die erste Kanne ist wieder da. Das ist der Herr mit der guten Laune. Mal sehen, ob der heute den richtigen Haken für seine Kanne findet. In den letzten zweieinhalb Jahren hat er das nur einmal geschafft.

Ich glaube, das macht er extra, weil er einen Scherz braucht, so seinen eigenen, damit will er mich zum Lachen bringen, Immer Donnerstags. Ich merk mir so etwas.

Ich zähl auch alles ab. Am liebsten meine Schritte.

Von Zuhause bis zu meiner Bank hier auf dem Friedhof im Abschnitt C, sind es exakt 579. Außer, ein zielloser Fahrradfahrer trödelt langsam vor mir herum, seinetwegen rechne ich sechs Überholschritte an.

Zahlen kosten ja nichts, sind wiederverwendbar und nutzen sich nicht ab. Manches Mal denke ich darüber nach, ob die Zahlen an sich einen Wert haben; was zum Beispiel sagt mir eine Zahl wie 100.000, wenn nichts dahintersteht? Spricht man jedoch davon, dass Millionen von Heuschrecken die Getreideernte im Süden der Vereinigten Staaten von Amerika vernichtet haben, ist alles klar.

Was ich in meine Hände bekomme, wird gezählt. Ich muss wissen, wie viele Wäscheklammern ich besitze, wie viele Hammerschläge es braucht, um einen Nagel in die Wand zu klopfen, abgesehen von dem Kleinkram, der manchmal in die Hunderte geht,

Kaffeebohnen, Stecknadeln, Blumensamen, na, ja, das sind eben ganz andere Größenordnungen.

Spreche ich mit Nelly über so etwas, winkt sie neuerdings ab. Irgendetwas stimmt nicht mit ihr. Das macht das Alter. Ich würde meinen Ego-Luxus pflegen, ihre Worte.

So ein Quatsch! Was ist schlecht daran, wenn ich Bescheid weiß? Es kann einem doch nicht egal sein, wie viele Streichhölzer in einer Schachtel sind!

Auch über ihre drei Schritte von meiner Wohnung bis zu ihrer kann ich mich aufregen, wirklich sehr aufregen, es sind 246. Das merkt sie sich nie! Diese Dreischritte-Lügen, ich kann sie nicht leiden!

Ah! Kanne drei und vier, endlich!

Die beiden trödeln immer. Frau Paschke kann schlecht gehen, neue Hüfte. Und Frau Siemer ist korpulent.

"Heiß heute!" „Ja, heiß heute!"

Ein Schiff wird kommen.......

Eine Bluse ist eine Ergänzung zu einem Rock oder einer Hose. Man trägt sie wie man möchte, in den Rock gesteckt, in eine Hose geschoben, oder darüber, oder von von einem breiten Gürtel gehalten. In jeder Kombination sollte sie tonangebend sein. Wer noch dazu bereit ist, an ihre suggestive Wirkung und Strahlkraft zu glauben, zahlt gern den Preis für eine aktuelle Geschäftsidee des Herstellers.

Der Stoff, aus dem eine Bluse genäht ist, hat zu Testzwecken einen komplizierten Prozess durchlaufen. So setzt die Textil-Branche bei der Zusammensetzung des Gewebes Kunstfäden ein, die denen aus natürlichen Fasern in nichts nachstehen. Fühlt die Bluse sich bei einer Kaufabwägung wie Haut auf Haut an und ist sie im Design überzeugend, endet das Verkaufsgespräch für alle Beteiligten zufriedenstellend.

Bei gelungener Allianz wird sie von der Trägerin mit einen Namen bedacht. Über ihre Beschaffenheit hinaus, wie etwa die Seidene, die Baumwollene, die aus Polyester, usw. wird ihr noch dazu ein fantasievoller Name gegeben, etwa die gestreifte mit der Brusttasche, die hochgeschlossene auf Figur, das Reptil mit dem schrägen Ausschnitt, die rote Rüschige, die Lotosblüte, die mit den Trompetenärmeln, die schwarze mit den Katzenaugen und so fort. Der Kleiderschrank hängt voller schöner und bezeichnender Namen.

Die angesagte neue Bluse ist eine honigfarbene, mit Applikationen von bunten Schmetterlingen. Sie fügt sich. Schmiegt sich.

Wie bereits viele vor ihr, entpuppt sie sich trotz Dauereinsatzes dann doch als Objektillusion.

Zur Ehrenrettung dieser modischen Bluse muss gesagt werden, dass sie, genäht, gefaltet, gepresst und verpackt als neueste Kollektion, zusammen mit abertausenden ihresgleichen aus einem Billiglohnland mittels Schiff über das Meer zu uns herüber kommt, um einzulösen, wofür sie aus hauptsächlich kommerziellen Gründen hergestellt worden ist. Aus kaufmännischer Sicht geht die Bilanz also auf, dafür, und nur dafür erhält sie eine Bestnote.

Ein Rasen schlägt zurück

Am Ende von Glück beginnt die Arbeit. Das weiß ein Profifußballspieler. Von Anbeginn seiner Karriere hatte G. sich deshalb ausschließlich auf sich selbst verlassen.

In seiner ersten Elf hatte es, soweit man es zurück verfolgen kann, niemals einen besseren Spieler gegeben als ihn. Man behielt ihn im Auge. Seine Mannschaftsdienlichkeit gemäß der Devise: Alle sind Stürmer und Verteidiger zugleich, ebneten ihm in kürzester Zeit den Weg auf steiler Strecke.

Mehr soll hier zu seinem derzeitigen Verein nicht gesagt sein.

Als vor drei Jahren seine Aufstiegs-Elf vor Freude über den 2:0 Sieg des belgischen Gegners geschlossen in die Luft sprang und 22 schnelle, durchtrainierte Beine getrampelt hatten, was das Zeug hielt, begann sein Abstieg. Während dieser Siegerdemonstration versagten seine Füße ihm ihren Dienst, er spürte den Boden nicht, auf den er zurückfiel und so probierte er es mit immer höheren Luftsprüngen, wodurch er hoffte, ein tieferer Fall würde ihm helfen, wieder auf die Beine zu kommen. Am Ende ließ er sich von seinen Mitspielern vom Feld tragen, verdientermaßen, denn er war es ja schließlich gewesen, dem sie durch seine überaus geschickte Ballführung die Tore verdankten.

Die Sache mit den Füßen, sie läuft etwas unrund, aber das wird schon wieder, so hatte er zunächst bei sich gedacht.

Unglücklicherweise häuften sich die Bagatellver-
letzungen, wie er sie nannte. Spätestens, als er nach
sieben Spielminuten wegen eines unglücklichen
Sturzes vom Feld humpeln musste, konnte niemand
mehr über seine Ungeschicklichkeiten hinwegsehen.
Außerdem zog er sich während eines Freundschafts-
spiels einen Bänderriss zu, eine längere Pause war
zwangsläufig.

Aus Pflichtbewusstsein schleppte er sich zum
Training und verfolgte von der Bank aus missmutig
das Spiel. Sehr genau beobachtete er die Beinarbeit
der Spieler, wie sie tänzelten, federten, vorwärtss-
tießen, abbremsten, liefen, stoppten, sich verdrehten,
bis ihn schwindelte. Zum Kotzen übel, sagte er
entschuldigend, wenn er vor dem Ende des Trai-
nings wie blind das Stadion verließ.

Während des ersten Spiels nach langer Zwangspause
nahm man ihn in der dreiundzwanzigsten Minute
vom Feld, Spielstand 1:0 für die gegnerische Mann-
schaft. Anscheinend hatte er den Ball in Richtung
Promi-Bühne geschossen, direkt in die dort
sitzenden, ihn anfeuernden Sponsoren, Funktionäre
und Amtsträger. Verletzt wurde niemand. Trotzdem,
Gelbe Karte. Aus. Ein Skandal!

Von der Presse heftig gescholten, hielt er sich mit
Erklärungen bedeckt, nein, er fände keinen Grund
sich zu schämen. Im Moment des Abschusses sei er
nicht ferngesteuert gewesen, wie zunächst hämisch
berichtet worden war. Zu 90 Prozent, da war er sich
sicher, müsse man die Ursache seiner ihn ergriffenen
Fußballunverträglichkeit, um so eine handelt es sich

doch wohl, woanders suchen, er persönlich habe unter anderem zum Beispiel die Beschaffenheit des Spielfeldes unter Verdacht genommen.

Aber was ist dran an der Rasenfläche außer, dass sie grün sein sollte und nicht rot, rätselte er herum. Und dann wurde ihm plötzlich klar:

Rot! Rotes macht aus ihm einen anderen Menschen. Rot ist nicht auszuhalten, da liegt seine persönliche Schmerz- und Nervengrenze. In seinem Haus kommt rot nicht vor.

Er behauptete, alle Spiele, die er sich von der Bank aus ansähe, hätten dramatische Auswirkungen auf das Spielfeld. Mit jedem Spielakt gehe dem Rasen etwas unter die Narbe, färbe ihn rot und ihm selbst unter die Haut. Gravierend das ganze.

Man müsse es daher so betrachten: im Zentrum nämlich, und das sagte er nun in aller Öffentlichkeit, im Zentrum einer Begegnung stehe das Bearbeiten der Rasenfläche und das sei der heimliche Sinn des Spiels. Seht es euch doch nur an, sagte er, in jeder Sekunde stanzen Noppensohlen Löcher hinein, Rasenplatten fliegen durch die Luft, Krater an Krater wird gebildet, alles zusammen wird so miteinander verquirlt, dass es einem schon beim Zuschauen den Boden unter den Füßen weg ziehen muss. Jede Wut und jede Freude wird in den Boden gestampft und wieder heraus gekratzt. Wahnsinn, was da in den 90 Spielminuten auf dem Platz abgeht und von den Rängen aus mit Gejohle quittiert wird.

Am Ende des Spieles, so fügt er noch an, und wirklich, man ist geneigt das Unfassbare zu glauben, am Ende des Spiels sähe das Spielfeld für ihn so aus, als habe da etwas stattgefunden, das man nicht mehr Fußball nennen möchte. All das Blut, das aus dem aufgerissenem Rasenfeld sprudelt, sei der Ausdruck einer Entwicklung im Fußball, die er habe kommen sehen. Und schade, wirklich schade, dass von den Zuschauerrängen aus kein Protest gegen so eine Verdummung der Sportsfreunde zu spüren ist. Dem ist eben kein Kraut gewachsen.

Und verdammt nochmal, das soll endlich auch einmal gesagt sein, der Schuss, den er damals auf die Tribüne abgefeuert hat, war beileibe kein fehlgeleiteter Torschuss und auch nicht als solcher geplant gewesen.

Das kann man ihm nun glauben oder auch nicht.

Die Beichte

In unserer Langschläfer-Familie freut man sich auf die Sonntage. Mama, Papa, LilliKind, Großvater und ich. Zeitlich nach Belieben biegt man entspannt in den Tag ein, setzt sich an den reich gedeckten Frühstückstisch, isst und trinkt, es kreuzen sich Scherze wie Fäden in einem Häkeldeckchen. Schwierigere Passagen der vergangenen Tage sind Großvaters bevorzugtes Arbeitsfeld; milde gestimmt verteidigt er ausnahmslos die schwächere Position.

Katze Muhle streicht riskant zwischen unseren Beinen herum, bis sie bekommt, was sie sich erbettelt hat, verzieht sich damit unter den Tisch, zeigt sich erst wieder, wenn der Hauptansturm vorbei ist und sie sich schnurrend um Großvaters Beine wickeln darf. Noch nie in ihrem Katzenleben ist es vorgekommen, dass er ihr auf die Pfoten getreten ist. Großvater und sie leben in einer separaten Wohnung an der Westseite des Hauses, nehmen Rücksicht aufeinander. Die Katze weiß was sie tut, wenn sie mit Samtpfoten auf der Kommode durch Großvaters Mineraliensammlung streicht; niemals hat auch nur das kleinste Kieselchen Schaden genommen. Alle Hochachtung vor dieser Wohngemeinschaft. Wenn Großvater sich Beine macht, wie er sich ausdrückt, also zu uns herüber kommt, so irgendwann wie wir ja auch, kommentiert er das mit den Worten passabel, passabel, wünscht einen guten Morgen, freundlich, herzlich, namentlich, setzt sich, streift den Ring von der Serviette, entfaltet sie, hebt sie

51

hoch, schwenkt sie von rechts nach links, da macht er für uns den Zauberer, der noch alles im Ärmel hat. Achtung: drei Großbuchstaben APO links oben in roter Farbe, ein Dreh, und auf der anderen Seite rechts oben erscheint das Wort OPA.

LilliKind hat das für ihn genadelt, als sie zehn Jahre alt war. Jetzt ist sie siebzehn, meine kleine Schwester. Und dann kippt ein sonniger Maisonntag. Großvater sitzt am Tisch wie seine eigene Wachsfigur, größer als er eigentlich ist. Und er hält es aus zu schweigen, bis wir vollzählig sind. Das ist ungewöhnlich.

Alle da, ja ? Hat jemand von euch vielleicht meine Mütze gesehen?

Ups. Der Ton ist scharf. Schlecht geschlafen, schlimme Träume gehabt? Und wie er nichts in den Griff bekommt, krüppelhaft wie er herumfingert. Die Kaffeetasse kracht auf die Untertasse, aus dem zerschlagenen Dreiminuten- Frühstücksei läuft Weißes und Gelbes über den Tischrand, das Besteck nimmt er in die Faust, als müsse ihm einer von uns das Opfer geben.

Als niemand darauf antwortet, beginnt er zu wettern, gegen die Hühner, gegen den Bäcker, gegen Zugluft, gegen eine Fliege, gegen alle Fliegen und den penetranten Fliederduft, der dieses Geschmeiß anlockt.

In Mama fährt vor Schreck das Leben, sie tut, was sie immer tut bei so einem Ratespiel, reckt den Hals, macht den Rücken gerade und schiebt ihren Oberkörper bis fast zur Tischmitte, bessert zentimeterweise nach, erzwingt Augenkontakt, das alles mit einer Miene, so soft wie ihr Ton. Das hat Biss, macht ihr keiner nach.

Deine Mütze, lieber Großvater, deine Mütze hängt da, wo sie immer hängt, an der Garderobe, sagt sie.

Ergo, das Thema Mütze hätte sich damit erledigt haben können.

DIE Mütze meine ich nicht, sagt Großvater.

Aber du hast doch nur diese eine Mütze, das weißt du doch, kontert Mama. Schon immer wollte ich dir eine zweite besorgen, für alle Fälle. Ist es nicht so?

Was für eine Frage, natürlich ist es so, und wir, LilliKind und ich, wir haben das richtig verstanden: Hilfe Kinder, euer Einsatz jetzt!

So macht sie das, unsere Mama, hofft, dass sie damit erst einmal raus ist aus der Sache.

Ja, Großvater, du hast doch nur die eine Mütze, und die hängt an der Garderobe, wie Mama bereits gesagt hat. Mit dieser Behauptung ist LilliKind auch fein raus, versteht die ganze Aufregung nicht, verfolgt mit ihren Augen einen frühen, flatterhaften Schmetterling vor dem Fenster. Nicht zu übersehen ist, dass sich über Nacht etwas Erschütterndes aus Großvaters Leben zu Wort gemeldet haben muss! Nie, niemals hat man ihn so erregt gesehen. Im Gegenteil, alle jemals mit ihm ausgetragenen Wetten sind mit Humor an mich gegangen; offenbar hat es ihm sogar noch Spaß gemacht, den Verlierer zu spielen. Heute wird das anders laufen. Ich weiß es.

Wollen wetten, Großvater, um deinen Autoschlüssel, dass deine Mütze an der Garderobe hängt?

Niemals wieder werden wir um etwas wetten, mein Junge!

Gut, das muss so hingenommen werden, verändert aber sehr meinen Glauben an seine Unfehlbarkeit.

Übertrieben bedacht zieht Papa Pelle von einer Salami. Das hat er noch nie getan, jedenfalls für Großvater noch nicht, und der dankt es ihm mit Sarkasmus.

Weißt du zufällig auch, wo meine Mütze NICHT hängt, mein Sohn?

Mein lieber Vater, wir zwei gehen in die Garderobe, und ich zeige dir, dass die Mütze dort hängt, wo sie immer hängt, und dann ist Frieden, nicht wahr?

Familienfrieden ist für Papa etwas, das sich von selbst erklärt. In diesem Fall hilft das jedoch nicht weiter.

Seit 65 Jahren besitze ich eine Mütze, von der ihr sagt, sie hänge in der Garderobe. Da hat sie noch nie gehangen, diese Mütze, und hängt sie auch jetzt nicht. Ich sag' euch, wo sie fünfundsechzig Jahre lang gelegen hat, weiß Gott, eine lange Zeit, nämlich unter meinem Kopfkissen. Eine zugegebenermaßen unscheinbare, graue Mütze, eine Strickmütze, hundertmal und mehr von eurer Großmutter gestopft und ausgebessert. Seit ihrem Heimgang muss ich allein mit dem unvermeidlichen Zerfall der Mütze fertig werden Ich verstehe ja, dass man sich beim Aufräumen in dieser Sache vertun kann. Aber da fragt man doch vorher. Einfach so weg, verschwunden. Das hat mich zutiefst getroffen und es wird nicht ohne Konsequenzen für einen von euch bleiben.

Wow! So ein Zoff um eine Mütze. Nachweislich hat seit 1895 eine Schlafmütze in der Familie keine Erwähnung mehr gefunden. Und nun beißt Großvater sich fest an seinem Milben-Teil. Wird ihn doch freuen müssen, eine neue Mütze. Eine mit Herz, bunt, gestrickt von LilliKind und es würde doch auch helfen, ihre weihnachtliche Finanznot zu schmälern. Und wäre voll sein Geschmack. Denn was sein Outfit betrifft, da steckt er sich mit pfiffigen Tüchlein die exzentrische Note an edle Jacketts, klemmt sich poppige Fliegen an das weiße Hemd, veredelt einen angeblich zeitlosen Staubmantel mit exotischen Schals, erworben bei einem mobilen Händler am Hafen. Geil, wie das ausschaut. Ich weiß nicht, ob ihm das bewusst ist, jedenfalls, „Seine Majestät" wünschen noch gesehen, gehört und gelesen zu werden, so sehe ich das, und finde es auch cool. Immer noch im Geschäft mit seinen fast 90 Jahren. Korrespondiert mit aller Welt, der Stand ist ihm egal, Hauptsache weltläufig.

Unter anderem erhält er einmal im Jahr eine Postkarte aus Russland, Absender ist ein Arkadij, sonst keine Angaben, abgestempelt in Batetskaya, ,Glanzpostkarten mit wechselnden Motiven, darunter auch eine mit Sowjetstern, fünfzackig, mit Hammer und Sichel. Hammerhart, bildlich gesprochen.

Schläfst Du gutt, mein Freund?` so lautet der immer gleiche und quer über die Karte geschriebene Text auf der Rückseite.

Vater sagt, die erste Postkarte dieser Art hätte 1948 in seinem Briefkasten gelegen, drei Jahre nach Kriegsende. Niemals hätte Großvater etwas über den Krieg an der Front erzählt. Kein Wort. Im Alter von 20 Jahren ist er zum Kriegsdienst eingezogen worden, das ist bekannt. Alles andere ist Verschlusssache, Dienstgrad, Einheit, Einsatz.

Ich frage mich manchmal, ob jemand aus unserer Familie etwas über seine Zeit im Krieg wissen will, denn in diesem Zusammenhang habe ich die ganzen Kriegsgräuel vor Augen. Schlimme Sachen. Er doch nicht, mein Großvater doch nicht, der könnte keiner Fliege etwas antun. Nein! Undenkbar!

Und nun dieser Aufstand wegen einer Mütze! Vergiss es! Schauen wir mal. Kommen ja Semesterferien. Noch drei Wochen, und dann geht es ab nach Italien: La Spezia, Viareggio, Küstenwanderung, Pisa, Lucca, und irgendwann Rückflug nach Hamburg, gesponsert von Großvater.

Nach einer Schweigewoche am Frühstückstisch wendet er sich wie beiläufig an mich und verkündet: Junge, du und ich, also wir zwei fliegen in drei Wochen nach Moskau. Visa sind beantragt. Wir nehmen den Nachtflug. Ankunft Moskau Scheremetjewo 5:45 Uhr. Weiterflug Nowgorod 10:20 Uhr. Ankunft Nowgorod 13:40 Uhr. Zugabfahrt nach St. Petersburg über Batetskaya 14:50 Uhr. Ankunft

Batetskaya 16:10 Uhr. Und dann sehen wir weiter! In drei Wochen, am 22. Juni, wie gesagt."

Batetskaya also, und keiner von uns wagt ihn zu fragen, wo das genau liegt, warum er dort hin will, was er dort verloren hat. Plötzlich, das wird langsam klar, haben wir es mit einem durchgeknallten Großvater zu tun. Und ich selbst mit einem Reisegemenge, was nicht etwa egal ist, weil La Spezia der Anfang von etwas Wunderbarem sein sollte. Birte! Eine Ungerechtigkeit ist immer eine zu viel.

Mich und nicht den Papa trifft es, denn dessen rot gereizte Nerven haben sich über Großvater gelegt wie heiße Lava. Spürbar für alle. Trotz alledem fände er es aber unverzeihlich, Großvaters letzten Wunsch, um so einen muss es sich aller Wahrscheinlichkeit nach doch handeln, nicht zu erfüllen.

Und darum, mein lieber Sohn, sei so gut, bitte!

Großvaters angebliches Schlafdefizit straft ihn Lügen, DER NAME DER ROSE flimmert im Flugzeug über den kleinen Monitor, nicht ein einziges Mal fallen ihm die Augen zu.

Zwischen uns geht sowieso nix. Ich denke an Italien, wie die Sonne jetzt dort aufgehen mag, gerade so wie in diesem Augenblick am Osthimmel, aber eben am italienischen.

In Batetskaya, verlangt Großvater von einem Taxifahrer in ein Hotel gefahren zu werden, aber nur guttes Hotel. Guttes Hotel für guttes Geld, du verstehen?

Ätzend! Kann man dazu nur sagen.

Aber wohl nicht für den Taxifahrer, der versteht.

Doppelzimmer, komfortable Betten, Schreibtisch, zwei super bequeme Sessel, Flachbildfernseher, HD-Qualität, Minibar, WLAN-Anschluss. Vor dem Badezimmer gibt es ein Badezimmervorzimmer mit Frottee-Bergen, Bademänteln, Trockenhaube, Föhn und schönen Karaffen, Pantoffeln stehen bereit und weiche Hocker laden zum Sitzen ein. Und Spiegel, Spiegel, Spiegel, Gold gerahmt. LilliKind hätte keine Probleme damit, sich hier für Wochen einzunisten.

Echtholz, wo gespeist wird, voll vertäfelt das Ganze. Eingedeckte Tische, indirektes, weiches Licht. Klasse Personal. Fisch wird empfohlen, heute angelandet in St.Petersburg, you know? Dazu gibt es Wein von der Krim. Absacker ist ein Wodka von allerbester Qualität, geschmeidig im Hals. Großvater schläft trotzdem nicht ein. Wenn er sich auf der Matratze hin und her wirft, legt die Minibar mit einem Rüttler los. Ich schaue, was drin ist in der Minibar. Wenn Großvater seine Lage verändert, eine Weile still auf dem Rücken liegt, schaue ich nach, warum sie nicht rüttelt.

So geht das, bis neben mir zwei Gespenster liegen. Vielleicht ist es auch nur das blaue Licht, das von irgendwo hereinkommt und die beiden so aussehen lässt.

Die Hauptverkehrsader der Stadt, die Maxim-Gorki-Allee, sie ist breit wie ein Rollfeld, schnurgerade teilt sie Batetskaya in zwei Hälften.

Um die Mittagszeit herrscht reger Verkehr. Die Ampelphasen scheinen auf ein geplantes Chaos austariert zu sein, es wird wie verrückt gehupt, jawohl, Gas, Gas, Gas, Tempo, Tempo. Der breite Gehweg gleicht das aus, man wandelt unter hohen Bäumen. Großvater übernimmt die Führung, er sucht die Hausnummer 204. Es muss das kleine Restaurant sein, an dem keine Hausnummer zu finden ist, eingeklemmt zwischen hohen Geschäftshäusern mit den Nummern 202 und 206. Vor dem Eingang steht Arkadij. Natürlich weiß ich nicht, ob es der Arkadij ist, Großvaters Arkadij oder irgendein Arkadij. Es ist halt ein Mann in Großvaters Alter oder älter, jedenfalls alt und vorsichtig. Der Anzug wie neu, aber out, und er stützt sich auf einen Stock. Bevor Großvater ihn anspricht, übersieht er den Mann wie absichtlich. Erst nach zweimaligem Hinschauen spricht er ihn an. Sie reden russisches Deutsch und deutsches Russisch miteinander, schauen sich dabei immer wieder um. Mit einer Handbewegung schicken sie mich weg, die Stadt ansehen, oder sonst was. Dawai dawai. Ich mache beides. Mädchen flanieren vorüber, wie in Hamburg tragen sie Leggins, kurze Röcke, Absätze wie Bleistifte, und schlagen Wind mit ihren langen Haaren. Sonnenbrillen schützen sie vor Einblicken. Ja, allenfalls nur Druschba. Und ich sage mir, wenn schon Russland, dann doch lieber Taiga und Birkenwald und nicht diese brüllende Schneise durch Betonfronten.

In dieser Nacht schläft Großvater wie LilliKind, als sie ein Baby war. Kein Mucks, kein Matratzenbeben. Ich schaue, ob die Minibar kaputt ist. Ist sie nicht, aber kontrollieren kann man ja mal, jedenfalls ist nachgelegt worden.

Weißt du, was eine Mütze voll Schlaf ist? Mein Junge, nein? Ein verdammt rohes Ei, die Mütze, die Großvater mir da auf den Frühstücksteller legt.

Ich könnte wetten mit dir, Großvater, dass es das ist, was mir in diesen zwei Nächten gefehlt hat.

Ho,ho, gar nicht so schlecht, aber auch ziemlich leicht, nicht wahr? Du kannst meine Autoschlüssel bekommen, wann immer du willst! Gewonnen? Will er punkten? Hat er sich berappelt?

Und ist das jetzt seine Hand, die sich da auf meinen Unterarm legt? Bekomme ich nun endlich eine Erklärung dafür, warum wir diese elende Fahrt hierher, diesen ganz und gar seekranken Trip, und das Drum und Dran gemacht haben?

Nein, bekomme ich nicht.

Eine Mütze voller Schlaf ist eine Mütze, die man von jemanden bekommt, der dir einen guten Schlaf wünscht, sagt er. Aus der Mütze schüttelt man den guten Wunsch auf das Kopfkissen, unter das man dann die leere Mütze legt. Der Wunsch wirkt, das kann ich dir verraten, und zwar, solange man im Besitz der Mütze ist, so alt sie auch sein mag.

Aha. Sagt es, und tut wie unbeteiligt. Zum Beispiel wie er seine Nase in die Marmeladen hängt, schnüffelt, auf die Brötchen schaufelt, redet, ah, Quittengelee, lange nicht gehabt, vorzüglich, dieses Pflaumenmus,.... , hm, Honig, köstlich....., und zack, wohin er greift, gibt es Kleckse.

Ich wünschte, ich wäre in Italien, Birte, das Meer...... .

Großvater hat, wie es aussieht, sowieso vergessen was ihn hierher geführt hat. Aber die verdammte Mütze nicht, die nicht!

Mit der riesengroßen Serviette reinigt er seine Hände und das Gesicht, und sagt, ich möchte dir etwas erzählen, was ich noch nie jemanden erzählt habe, mein Junge, darf ich?

Die Vergangenheitsbewältigungsrede, da endlich ist sie. Die ganze Zeit lang schon hatte sie mit den Flügeln geschlagen und doch kein Lüftchen bewegt.

Also im Krieg,....mit diesen Worten beginnt er, genau wie erwartet, seine Rede.

Also im Krieg, wir schreiben das Jahr 1943, genau genommen Ende November 1943, unsere Truppe befand sich nach tagelangem Beschuss auf einem Rückzug, die Russen in Hörweite.

Ich fühlte mich krank vor Schlaflosigkeit, nichts schien jemals aufhören zu wollen, der Hunger nicht, der Lärm, die Kälte nicht, der Krieg nicht, Tote, die dich ansehen nicht, da dreht man leicht durch und macht Sachen, von denen man nicht einmal geträumt hätte. Ich konnte nicht mehr anders, bin einfach losmarschiert, das Gewehr im Anschlag, auf die feindliche Linie zu. Allein. Ich weiß nicht wie lange ich gelaufen war, bis ein Russe mich stoppte, ich meinte, ich hätte auf ihn geschossen, was sich als Irrtum herausstellte. Der Soldat legte seinen Arm um mich und die Hand auf meinen Mund. Wie ein Gepäckstück schleppte er mich durch das Busch-werk zum nahen Wald, stellte mich gegen einen Baumstamm, so wie man einen Sack abstellt. Ich sah ihm dabei zu, wie er mit seinen Händen eine Bodenkuhle aushob und begriff, Erdloch, Tod, Ende, Aus. Ich war so abgedreht, dass ich nicht denken konnte, dass er es hätte einfacher mit mir haben können. Ja, ich dachte, der ist total verrückt, buddelt eine Kuhle, verlangt, dass ich mich vor seinen Augen da hineinlege, schiebt mir noch etwas unter den Kopf und sagt auch noch schlaf gutt.

Nach Tagen, ich denke es waren mindestens zwei, die ich wie ohnmächtig in der mit Reisig bedeckten Kuhle gelegen habe musste, fand ich in meiner Hand ein Stück Brot, ein winziges Stück Speck und unter meinem Kopf eine Mütze. Kein Mensch weit und breit und Totenstille.

Und wie du sehen kannst, mein Junge, beschließt Großvater nun seine Rede, ich lebe noch. Der Russe der mir das Leben gerettet hat, heißt Arkadij. Diesen Namen fand ich auf der Rückseite des Fotos, welches deine Großmutter als meine Verlobte zeigt. Ich habe es im Krieg bei mir getragen. Und die Mütze, um die es geht, sie ist mir so etwas wie eine Rede zu Ehren der Zivilcourage.

Und diese Reise nach Batetskaya, ich weiß nicht genau, warum ich sie angetreten habe, das wird sich noch zeigen. Jedenfalls danke ich dir für deine Begleitung, mein lieber Junge. Ich weiß, was ich von dir verlangt habe.

Verzeih mir bitte bitte, sagt er und schaut auf meinen Teller, auf dem seine Mütze,…… nein, auf dem Teller liegt nichts.

Sag, Großvater, der Mann, mit dem du dich hier getroffen hast, war das nun dein Arkadij?

Ach, was kann man wirklich wissen, vermutlich gibt es mehr als nur diesen einen Arkadij auf der Welt, meinst du nicht auch?

Ja, wenn du es sagst.

Zum Sonntagsfrühstück werden Großvater und ich rechtzeitig zurück sein. Wenn wir dann alle versammelt sind, werde ich ihm sagen, dass es seine Mütze nicht mehr gibt und wie sehr mir das für ihn leid tue.

Dass ich mich für ihn geschämt habe, als ich bei der Aufräumaktion in seiner Wohnung das verschlissene Stück Mütze in der Hand hielt, das muss er ja nicht wissen.

Hermann

Meine digitale Personaldatei enthält wiederverwendbare Romanfiguren. Eine von ihnen trägt den Namen Hermann. Alter 50 bis 70 Jahre. Gut gestaltet, ohne Allüren, von keinem Schicksal gezeichnet, ist diese Figur maximal fünf Seiten lang in einigen meiner Romane präsent. Zum Beispiel in meinem Romandebüt „Klagewind". Als Stürmer ist er in einem Altherrenfußballspiel dabei. Ein Freundschaftsspiel. Er bildet die verlässliche Senkrechte zu den übrigen Spielern, die durch Fouls, schlechte Platzverhältnisse und unfähige Schiedsrichter ihre Balance verlieren. Vom Licht der Scheinwerfer profitierend, gibt er eine gute Figur, sorgt mal hier mal dort, alle überragend, für Schatten in den hitzigen Auseinandersetzungen beider Mannschaften um den meist strittigen Spielstand. Eine kurze Szene mit nur 16 Zeilen in dem 521-seitigen Roman, in dessen Mittelpunkt eine Altersresidenz steht.

In meinem zweiten Roman mit dem Titel „Der Pedant" ist Hermann in einem Aufsehen erregenden Gerichtsprozess ein Überraschungszeuge. Seine Aussage vor dem Schwurgericht, eine fünfzeilige Einlassung zu einem langen Drama um Schuld, Lüge, Intrige und Mord aus Habsucht ist auf Seite 723 platziert, also auf der letzten Seite. Die Auflösung des Falles durch seine Aussage versetzt alle Beteiligten in größtes Erstaunen. Der Roman verkauft sich gut. Die Dreharbeiten zu der Verfilmung des Stoffes haben begonnen, und so wird Hermann überraschend Einzug halten in die Kinotheater, imposant aufgeblendet und übergossen von farbigen Weichzeichnern wird er das letzte Wort haben.

Während ich nun an einem neuen Roman arbeite, im Mittelpunkt steht eine Theateraufführung, habe ich das Gefühl, als schaue Hermann mir über die Schulter. In meinem Nacken stellt sich Haar für Haar auf, sein heißer Atem setzt mir zu. Nein, ich werde mich nicht umdrehen, seine Datei nicht öffnen! In dem provokativen Erstlingswerk meines Protagonisten, dem jungen Theater-Autor Alexander Bruch, wäre Hermann, weil er nicht korrupt ist, fehl besetzt. Er verkörpert manierliche Menschen und ist nur mittelmäßig intelligent.

Das Bühnenbild, ein karger Verhörraum, ist mit zwei Holzschreibtischen, vier Stühlen, zwei mit Armlehnen, zwei ohne, zwei Papiertonnen und abgewetztem Linoleum, ausgestattet. Die Pendelleuchte mit schwacher Glühlampe und die winzigen Tischleuchten hindern das Publikum daran, wirklich etwas in Augenschein nehmen zu können. Selbst in den ersten Reihen!

An je einem Tisch sitzen ein Verhörspezialist und ein Beschuldigter sich gegenüber. Von Korruption soll die Rede sein, von Steuerbetrug, unrechtmäßiger Bereicherung und Geldwäsche. Das ganze breite Spektrum der kriminellen Geldindustrie türmt sich als Papier auf den Schreibtischen. Zwei Akte lang kommt die Handlung nicht voran. Beweispapiere wandern von Hand zu Hand, am Ende landen sie in den Papiertonnen. Das Publikum hat Mühe, der

Handlung Folge zu leisten. In der Tat, in dem Stück von Alexander Bruch zielt jedes Wort und jede Bewegung auf Vernebelung und Vertuschung ..., darauf soll es ja hinauslaufen. Es sind schon besondere Methoden in übersteigerter Form, die auf der Bühne dargebracht werden. Erst zu Beginn des dritten Aktes wird der Ton schärfer, die Darsteller schnellen gelegentlich von ihren Stühlen hoch, stehen sich feindselig gegenüber, man gewinnt den Eindruck, als handele es sich von nun an um privat geführte Dialoge, auch kommt es zu kleinen Raufereien, wobei Stühle umfallen. Die Deckenlampe wird beschädigt, das Licht geht aus. Die Glühlampe wird ersetzt. Die Verhörspezialisten werden ausgetauscht. Die Beschuldigten nicht.

Im Saal ist man amüsiert, hält sich an die Regeln, wann gelacht werden darf, die Darsteller nicht, es scheint, als seien sie von ihrem eigenen Rabatz erschöpft und auf ihren Stühlen eingeschlafen. Vorhang und Aus!

Mitten im dritten Akt! Gelegentlich ist noch der vierte, sogar der fünfte Akt zu sehen. Das ist von mancherlei absichtlich herbeigeführtem oder weggelassenem Chaos auf der Bühne abhängig und davon, ob ermäßigter Abo-Tag ist.

Auf den ersten Blick mag das alles befremdlich erscheinen. Nach der vielbeachteten Premiere überschlugen die Kritiker sich dann aber doch mit größtmöglichem Lob für dieses gewagte Bühnen-Experiment. Vier Vorhänge. Die Regie wurde freundlichst bedacht.

In der Folgezeit bleiben ungeachtet mancher enthusiastischer Besprechungen ganze Sitzreihen frei. Täglich wächst die Sorge, das Stück vorzeitig absetzten zu müssen.

Auf Seite 386, Zeile 23, der außerplanmäßige Vorhang ist nicht gefallen, also im dritten Akt, geschieht Unerhörtes. Deckenscheinwerfer und andere Lichtquellen tauchen die Bühne in blendende Klarheit. Kein Zentimeter Boden vor dem man sich nicht ekelt. Unfassbar! Schmutz wohin man schaut. Selbst die Darsteller sind nun unterscheidbar. Gut und Böse keine Rätsel mehr. Da brauchte es schon fast das Wort nicht.

Hermann!!! Hermann ist drin!!! Ich habe seinen Namen eingetippt! Wie zur Bestätigung meiner Annahme sehe ich ihn für den Bruchteil einer Sekunde höchstselbst auf der Bühne, die Größe, der schmale Kopf mit dem ausdrucksstarken Gesicht und wie er das linke Bein etwas nachschleppt, ohne Zweifel Hermann!

Hermann hat nicht nur die Lichtregie übernommen, darüber könnte man hinwegsehen, wenn er sich nicht auch noch in meine schriftstellerische Arbeit eingemischt hätte. Er, Hermann, diktiert mir den Fortgang des Stückes. Ich bekomme ihn nicht raus aus dem Text. Die Löschtaste ist blockiert.

Mit einer neuen Tastatur könnte ich das Theater für immer schließen. Nicht wie ursprünglich vorgesehen erst am Ende des Romans, wenn die Vorhänge ein letztes Mal fallen sollen, die Lichter ausgehen, oder aber ich ziehe zum jetzigen Zeitpunkt die doch erfreuliche finanzielle Entwicklung als Entscheidungsfindung heran.

Denn durch Hermanns beherztes Eingreifen ist das Theater nun tagtäglich bis auf den letzten Platz gefüllt. Für Wochen im Voraus ausgebucht! Aus ist es mit der Verdunkelung. Die Rollen sind klar verteilt, die Handlung verständlich, leuchtend erhellt, was zuvor der Aufklärung entgegen gestanden hatte: Gerechtigkeit. Nach einer Weile tiefster Betroffenheit am Ende einer jeden Vorstellung hält es die Zuschauer nicht mehr auf den Plätzen, sieben Vorhänge und mehr!!

Auf Seite 407, Zeile 12 bis 31 wird das Ensemble auf Hermanns Betreiben hin um die Person Hermann aufgestockt, woraus mir Mehrarbeit erwächst, denn aus arbeitsrechtlichen Gründen muss mit der Theaterleitung ein Einstellungsvertrag abgeschlossen werden, der Gage, Arbeitszeit, Spesen, Krankenversicherung, Urlaubsansprüche und anderes regelt. Ansonsten wäre es Schwarzarbeit. Zeugnisse können nachgereicht werden.

Mit der Seite 470 könnte der Roman als abgeschlossen betrachtet werden, wenn nicht das Theater mit der nun bereits 125. Aufführung des Stückes Triumphe feierte.

Der Maler Acht

Nicht wenige Menschen in unserer kleinen Stadt wüssten gern, wer oder was dieser Maler Acht tatsächlich ist. Ein genialer Maler ohne Marotten? Sein eigenes Kunstwerk?

Der Künstler selbst scheint verwundert über so eine Frage, möchte keinesfalls in Schubladen gesteckt werden, das wäre ja so, als lege man ihm eine Krawatte um den Hals, eine farbenprächtige obendrein. Nein, nein, daraus mögen ihm nur Pflichten erwachsen, deren Diener er nicht sein wolle. Eine verdiente Prominenz fordere persönliche Opfer und das läge eben nicht in seinem Interesse. Und überhaupt, für ihn als Individuum sei es schon beängstigend genug, ein Leben lang leben zu müssen.

Diese kauzige Selbstauskunft beunruhigt natürlich niemanden, eher hört man Bewunderung heraus, noch dazu, wenn man ihn anschaut; so einer könnte tatsächlich leicht davonfliegen, wenn er es denn wollte, rank und schlank wie er anzuschauen ist. Seiner Selbsteinschätzung zufolge ja auch ohne lästige Bürde.

Keine Biografie, ja, nicht einmal eine Broschüre, an der er mitgewirkt hätte, ist jemals gedruckt worden.

Und ich selbst wage es nicht, Kunst zu beurteilen. Von einem Geschäftsmann erwartet man das nicht, dennoch wäre es nützlich, sich auf der einen oder anderen kulturellen Veranstaltung zu zeigen. Anlässlich eines Besuches im Atelier des Künstlers Acht fand ich Gefallen an drei Gemälden, wusste aber nicht zu sagen, was mich daran so fesselte. Waren es die wie hingeworfenen Pinselstriche, das rätselhaft Ungegenständliche oder die Farbgebung oder das alles zusammen oder die Ausmaße, circa zwei mal drei Meter? Ich stellte sie mir in meinem Geschäftsraum vor, mit Wänden wie gemacht dafür. Weg mit den Urkunden, Zertifikaten und einem Siegerfoto, es zeigt Franz Beckenbauer mit dem WM Pokal nach dem Titelgewinn in Deutschland 1974.

Mein Anliegen, ein oder zwei oder drei dieser Bilder zu erwerben, schien den Künstler zu belustigen. Ja, ja, und fein, man träfe sich, ja wirklich, er freue sich. Und ja, die drei großen Gemälde stünden zum Verkauf, Preis auf Anfrage, da müsse man sehen. Auch fragte er, was mir an den Bildern denn so gefalle. Und wirklich drei? Im Ernst? Und wenn ja, verkaufe er sie nur unter der Bedingung, dass sie in keinem Fall gerahmt werden dürften. Wir verab-redeten eine erneute Besichtigung. Dann eine weitere. Ich war entschlossen, die Gemälde zu kaufen, überrascht davon, wie übereilt ich auf seine Preisforderung eingegangen war, ich, der kaufmän-nisch versierte Profi, für den der Maßstab aller Dinge nicht gerade die künstlerische Freiheit ist.

Die Hängung der Gemälde war durch die Anwe-senheit des Malers gekrönt. Wie in stummer Über-einkunft fiel das Wort `repräsentativ`, sein Wort. Besser hätte ich selbst es nicht ausdrücken können. Auch das Rahmenverbot schien mir angesichts der hohen und großen Wände verständlich. Merkwürdig nur, dass ich, je länger ich die Bilder anschaue, denke, sie, die Bilder schauen mich an, nicht umgekehrt. Das ist doch wirklich unsinnig!

Zufällige Begegnungen nutzten wir für ein Essen, einen Kaffee, ein Glas Wein und fanden Gefallen dran.

Bereitwillig erzählte er mir dann von sich, holte weit aus und stellte richtig, dass sein Vorname Wilhelm ist, nicht Wilm, womit seine Werke signiert sind. Wilhelm, nach seinem Großvater, der in diesem Städtchen Gastwirt war, wie nahezu alle seine Vorfahren es gewesen waren. Und dass der Großvater ihn als Fünfjährigen in seine Obhut nahm, weil die Eltern von einer wieder und wieder zuvor verschobenen Hochzeitsreise mit einem Zug entlang des Rheins nicht zurückgekommen waren und als verschollen galten.

Es war ein gutes Leben zusammen mit dem Großvater, sagt Acht.

Kaum dass ich bis zehn zählen konnte, wollte ich es ihm gleich tun, fleckige Tische abwischten, Messingaschenbecher putzen, Flaschen schleppen. In einer feierlichen Zeremonie hat er mich zu seinem „Brausedirektor" ernannt. Die Einnahmen aus diesem speziellen Zweig der Nachmittagsgastronomie klickerten in eine Blechbüchse. Wenn Zubettgehzeit war, klemmte ich mir die runde Dose unter den Arm, ließ mich vom Großvater die Treppe hinauftragen, in meinem Zimmer schob ich „Bahlsen", wie die Dose hieß, ganz an das Ende der Nachttischschublade.

Auch hätte sein Großvater Spaß daran gefunden, ihn, seinen Enkel, zu einem nahegelegenen Schotterdamm zu führen, der vormals ein Industriegleis war und den ich Bahnhof nannte. Ich stieg zwei Stufen hinauf in ein Abteil eines imaginären Zugs. Nachdem der Zug sich nach Großvaters Pfeifsignal in Bewegung setzte, knallte er die Hacken zusammen und winkte mir mit einem karierten Geschirrtuch hinterher. Ich fuhr Zug! Nach angemessener Zeit holte er mich von der Bahn wieder ab. Wenn er sich wegen seiner Schankstubengäste verspätete, vertrieb ich mir die Zeit mit Balanceakten auf den ausgedachten Gleisen, die, wie ich zu wissen glaubte, nirgendwo aufhörten. Für die wenigen Schritte nach Hause hievte er mich auf seine Schultern, so hoch oben, dass meine Finger das Blattwerk der Bäume berührte.

Täglich, außer sonntags, da war Kirchtag, bin ich also abgefahren und wieder heimgekommen, abgefahren, heimgekommen. Und das mindestens bis zur Einschulung. In meiner Kindheit hat mich das Zugfahren glücklich gemacht. Ach ja, das liegt nun weit zurück und der Fortschritt auf dem Schienenwesen mache vor nichts mehr Halt, man könne nur froh sein, wenn ein Zug überhaupt noch erdgebunden fliege. Auf meine Frage, ob er gern Lokomotivführer geworden wäre, winkte er nur ab, nein, nein.

Denn in den Sechzigern, als allerorten die ersten Discos aus dem Boden schossen und uralte Gasthäuser wie das meines Großvaters „Zur schönen

Aussicht", nicht mehr so gefragt waren, änderten sich die Dinge. Der Großvater starb in seinem 84. Lebensjahr. Zur rechten Zeit, so, wie er es sich immer gewünscht hatte. Mir, seinem Enkel, hat er sein Anwesen und das gesamte Vermögen hinterlassen. Am Begräbnistag schenkte ich das letzte Bier für die Sargträger aus, ganz in seinem Sinn.

Zu diesem Zeitpunkt habe ich mir nicht vorstellen können, die lange Tradition des Bierzapfens fortzuführen. Mit 17 Jahren hat man andere Vorstellungen vom Leben, und so ging ich für eine Weile mit der neuen Zeit. Zum Beispiel als Revoluzzer auf die Straßen und als Besetzer maroder Häuser, habe Reden geschwungen, mir mit Ringblockaden um Atomkraftwerke herum den Hintern abgesessen.

Und während sich Achts Jugendzeit in meiner Vorstellung in bunte Bilder verwandelten, dachte ich an meine eigene Entwicklung im väterlichen Unternehmen und die damit verbundene Perspektive. Der Weg war vorgegeben, In feinster Tintenschrift, nachlesbar in dicken Folianten.

Angesprochen auf die Zeit als Kulissenbauer in einem Theater winkt Acht ab. Einige Wochen lang, ja, da hätte er auf dessen Gehaltsliste gestanden. Von Weiche zu Weiche endgültig im Absurden unterwegs, wäre ihm dann aber doch noch irgendwann klar geworden, dass eine sogenannte ordentliche Arbeitsbiografie mit diesem Lebensstil nicht zu vereinbaren ist.

Den Saal mit dem abgewetzten Holzfußboden, den hohen Fenstern und der von sechs dünnen Säulen getragenen hohen Decke mit den messingfarbenen Spots habe er dann alsbald zu seinem Atelier gemacht. Farben und Leinwände, Pinsel und Spachtel gekauft, nach Anleitungen gezeichnet und gemalt, es als einziges größeres Werk zu einem brennenden Sonnenuntergang über dem Meer gebracht, Öl auf Leinwand, Querformat, drei Meter mal zwei Meter. Unverkäuflich steht es auf der kleinen Bühne auf einer Staffelei, verborgen hinter einem Vorhang. Auf Wunsch würde er den Vorhang beiseite ziehen.

Nach dieser ersten Begegnung mit der Kunst und überzeugt davon, dass es sich mit seinem Eigensinn unerhört groß denken ließe, habe er sich dann an der Kunsthochschule in D. eingeschrieben.

Seine Professoren, die nicht alle Spinner waren, wie Acht versichert, hätten ihm Talent bescheinigt, allerdings nicht ohne den Hinweis, dass ihm, wie bereits einem Heer von jungen Wilden vor ihm auf der langen Strecke zum freien Künstlertum der Fleiß abhanden kommen könnte.

Sechs Jahre lang, sechs lange lange Jahre habe er bildende Kunst studiert, und Fleiß. Im Ergebnis mit Erfolg. Form. Farbe. Inhalt. Das ist die Formel, die keine Kratzer hinterlässt und auch während des Schlafens weiter wirke.

Mit diesem Wissen habe er sich in einen Zug gesetzt, sei heimgefahren und nichts wie ran an den Pinsel.

Und das mit Erfolg, wie man weiß, denn Achts großformatige Gemälde, interessant gestaltete Raum-Flächen-Gefüge in kräftiger Farbgebung, sie erinnern an den Maler Franz Marc, sind sehr gefragt. In der

Hauptstadt steht er als nicht unbedeutender Künstler bei einer namhaften Galerie unter Vertrag. Gern nehmen die Kaufinteressenten aber auch das Ambiente seines Ateliers in Augenschein; durch die persönliche Begegnung mit dem Künstler und seinem Umfeld rückt der hohe Preis in den Hintergrund, wie ich nun selber in Erfahrung bringen konnte.

Erklärungen zu seinem Malstil und dem Dargestellten gibt er keine. Die Leute sollen selber sehen, was sie sehen. So seine Meinung dazu.

Bei einer anderen Gelegenheit erzählte er mir von einer Zugfahrt, die er vor nicht langer Zeit spontan unternommen habe, weil es wieder einmal „soweit gewesen sei". Im bequemen Sessel sitzend hätte er auf sein Lebenswerk zurückgeschaut, etwa so, wie ein Uhrmacher in eine Uhr schaut, deren Zeiger zu schleppen begonnen hätten. Dabei habe er sich eingestanden, dass sein Schaffen unverhältnismäßig viel Zeit verschlungen hat und auf der Stelle tritt.

Fleiß allein ist doch gewiss zu wenig gewesen, sagte er, ich hätte aussteigen müssen aus diesem Fleiß, ihn überholen müssen, diesen langweiligen Fleiß. In viermal zehn Jahressprüngen nichts als Arbeit mit dem Fleiß. Nicht einmal das Zugfahren wäre ihm während der langen Zeit des Fleißes in den Sinn gekommen, nicht einmal das! Und Weichen, die einen durchrüttelten, gäbe es nun sowieso nicht mehr, man saust so durch.

Nach dieser letzten Begegnung schien Acht für lange Zeit wie vom Erdboden verschwunden. Gern hätte ich weitere Gespräche mit ihm geführt, denn, wie ich nun finde, sollte man sich von einem Künstler nicht nur die eine Vorstellung machen.

Als ob mein Wunsch Gehör gefunden hätte, tauchte plötzlich ein Gerücht auf, man könne dem Künstler Acht auf verschiedenen Plätzen der Stadt bei der Arbeit zusehen.

Oh, ja, ja, sagte er, als ich ihn tatsächlich auf dem belebten Neumarkt- Platz antraf, es hätte ihn Überwindung gekostet, ein Portrait auf der Straße anzufertigen und nicht wie gewohnt, unter komfortablen Bedingungen im Atelier, es dann aber doch gewagt, einen vorübergehenden Spaziergänger zu einer Sitzung einzuladen, unverzüglich und von nur kurzer Dauer.

Beinahe täglich kann man Acht nun auf Plätzen, in Parks und an Straßenecken antreffen, bekleidet mit einem schwarzen Kittel, auf einem Campingstuhl sitzend, zu seinen Füßen eine Plastiktüte, gefüllt mit Zeitungspapier und anderem bedrucktem Papier, zurechtgeschnitten auf DIN A 5 Format, einem Klemmbrett auf dem Schoß, einen dicken schwarzen Signierstift zwischen Daumen und Zeigefinger haltend.

Seine Modelle platziert er in Augenhöhe auf einen zusammenklappbaren Dreibeinhocker wie Angler und Jäger ihn verwenden. Bevor er den ersten Strich anlegt, begeht er die Indiskretion, das Gesicht seines Gegenübers blitzschnell zu befingern, kaum dass dieser es bemerkt, man könne sich ja getäuscht haben.

Und schon rast die gerundete Spitze des schwarzen Wachsmalstiftes über das Papier mit den aktuellen Nachrichten, Titel-Sport-Lokal-Kultur, egal. Auf befremdliche Blicke merkt er an, dass er nicht beabsichtige, zeitaufwendige Gemälde zu fertigen, also in keinem Fall ein naturgetreues Abbild auf Leinwand oder Malpappe, dafür bräuchte man Zeit. Und Fleiß. Aber Fleiß hätte nichts zu tun mit dem Hin und Her der schwarzen Striche und den sich kreuzenden Linien, lückenhaften Umrissen, verqueren Löchern und radikal gesetzten Punkten. Aber nur auf solche Weise könne er seines Erachtens nach das Wesen eines Menschen sichtbar werden lassen.

Es ist gut so wie es geworden ist, sagen einige Porträtierte. Der Mann hat etwas von mir an das Licht geholt, das mir selbst bisher verborgen geblieben war. Jeder Strich, jeder Punkt eine Mitteilung. Das kann man doch sehen, wenn man sehen kann!

Andere erschrecken, wenn sie sich auf den Zeitungsmeldungen wiedergegeben sehen, zerrissen und doch irgendwie wahr.

Aber sag lieber nichts, beschwichtigen wieder andere, Geld nimmt der dafür ja nicht, und ein schönes Passepartout macht Kunst daraus im Nu. Interessant auch die Leute zu beobachten, die unversehens die Straßenseite wechseln, wenn sie Acht und sein fliegendes Atelier sehen. Aus mir selbst unerfindlichen Gründen weiche ich ihm ebenfalls aus und grüße aus der Ferne.

Worpswede in neuem Gewand

Worpswede, denkt Vogeler, als er das Ortsschild betrachtet, was für eine Name. Nahezu jeder Buchstabe ein Stolperstein! Aber hatte die Kommission ihn nicht eingeladen, beratend mitzuwirken, das Künstlerdorf aus seinem versonnenen Selbstverständnis zu befreien? Sollte man da nicht gleich bei der Namensgebung ansetzen, bevor sich neuer Glanz auf die Denkmäler legt? Sozusagen die Sache bei der Wurzel packen?

Um sich zu vergewissern, schaut Vogeler noch einmal auf sein Smartphone: „Sehr geehrter Herr Vogeler, liest er, aus Anlass der Jahrtausendwende sind wir entschlossen, bla bla bla…., Ja, das ist sie, die an ihn gerichtete Einladung, doch bitte Ideen einzubringen, wie man der Kunststätte einen neuen Anstrich geben könnte.

Soviel Ehre denkt er, und schaut lieber noch einmal auf seine eigene Vita. In den Beiträgen zu seinem Lebenswerk findet er sich ausreichend bis gut gewürdigt. Unangemessen beleuchtet ist seines Erachtens das, was unter den Begriff Künstlertum fällt. Halt, möchte er da rufen, halt, das bin doch nicht ich!

Im Barkenhoff, so liest er weiter, im Barkenhof erhält man weitere Auskünfte über sein Leben und Wirken. Neugierig lenkt er seine Schritte dorthin. Mit der Hand streicht er über die grünen Hölzer einer kleinen Pforte des Anwesens. Sie ist verschlossen, niemand öffnet ihm. Wie auch. Martha ist tot, Clara

Rilke-Westhoff ist tot, Paula Modersohn-Becker ist tot. Ja, alle, die hier einmal beisammen waren, sind tot.

Vor seinen Augen entsteht augenblicklich das von ihm selbst gemalte Kunstwerk „Sommerabend auf dem Barkenhoff". Ein Kolossalgemälde, auf dem die von vielen Rosen umrankte Terrasse zu sehen ist, flankiert von zwei in Form geschnittenen Bäumchen, sowie die links im Bild hinter einer Brüstung sitzenden Frauen Paula, Agnes und Clara, im Hintergrund Otto. Und die rechts platzierten Personen, Franz, ihn selbst, den Maler, und Martin. Und vorn im Bild, die fast zentral und doch wie isoliert hinter der grünen Pforte in aufrechter Haltung und im Halbprofil gemalte Martha. Seine Martha, die auf dem Gemälde ein grünes Kleid mit einem bis zur Gürtellinie hin auslaufenden weißen Spitzenkragen trägt. Ihr Blick ist in die Ferne gerichtet. Und dann ist da noch der edle Hund, der auf einer Stufe zwischen zwei Mauerschwüngen nach Art einer Sphinx die Szenerie bewacht. Kunstfertig und detailversessen hat er jahrelang daran gearbeitet, so erinnert er sich, hat nicht aufhören können, die ein Meter und siebzig Zentimeter hohe und drei Meter und zehn Zentimeter breite Leinwand zu bearbeiten. Und ja, es hat eine gefällige Palette, ist akribisch und gezirkelt arrangiert, steif, wie die Gesellschaft darauf, sozusagen tot gemalt...... 1905 fertig gestellt. Schwamm drüber! Die ersten hundert Jahre hat es überdauert.

Vergnügt erinnert er sich an den Skandal, den das Bild damals wegen eines Stuhles ausgelöst hatte. Ostentativ ein unbesetzter Stuhl, links im Bild zwischen Paula und Clara. Kenner wussten, welchem seiner Freunde der ursprünglich zugedacht war.

Nun also, denkt Vogeler, vielleicht ist es an der Zeit, dem Rilke zu sagen, warum ich ihm das angetan habe.

Ein Smartphone schafft da Skrupel aus dem Weg.

R. wie Rilke, Rainer Maria.

Hier Rilke.

Guten Tag Rilke, schön, dass ich dich antreffe, hier Vogeler. Ich stehe vor dem Barkenhoff, bin heiter gestimmt und freue mich, deine Stimme zu hören. Ich möchte dir etwas zu dem Bild „Sommerabend auf dem Barkenhoff" sagen, du weißt, die Terrassen-ansicht mit Gesellschaft. Entgegen deiner Meinung über mich habe ich mich selbst stets für einen gewissenhaften Menschen gehalten, und so sage ich dir nun ganz unverblümt, was mein Beweggrund war, dich aus dem Bild zu nehmen. Die Komposition des Gemäldes war angelegt, die Freunde gruppiert. Zufälligkeiten ausgeschlossen. Nach dieser Skizze habe ich dann mit der Ausführung in Öl begonnen, es eine Nacht lang ruhen lassen. Als ich am nächsten Morgen das Atelier betrat, hing ein merkwürdiger Geruch in der Luft. Ich konnte mir das nicht erklären, die Ölfarben waren es nicht. Ich fand heraus, dass du, Rilke, ja du und kein anderer, auf dem Stuhl zwischen den drei Frauen sitzend von schlechtem Geruch warst. Deine Gestalt, mein lieber Rilke, deine Person, hat mir regelrecht gestunken. Heute würde man so etwas natürlich nicht mehr mit einem von Terpentin getränkten Lappen korrigieren, die Dinge ändern sich eben, du weißt, Authentizität! Ich denke, mein lieber Rilke, mit dieser meiner offenherzigen Beichte begraben wir das, wenn du einverstanden bist, und ich hoffe, du verzeihst mir, wir waren ja schließlich einmal gut befreundet.

Ja, ja, Heinrich, ich verstehe schon, leider kann ich die Feder nicht mehr führen, sonst würde ich dir dazu Verse aufs Papier bringen.

Was führt Dich nach Worpswede?

Ich habe eine Vision, bin eingeladen, sie vorzutragen.

Was für eine Vision?

Das sage ich dir, wenn ich mit Beuys gesprochen habe.

Kenne ich nicht. Nie gehört den Namen.

Das dachte ich mir, Joseph Beuys ist Rheinländer. Also bis demnächst, bleib so wie du bist.

Danke, das gelänge mir auch ohne deine Empfehlung mein lieber Vogeler!

Nun also B. wie Beuys, Joseph.

Hallo Herr Beuys, hier spricht Vogeler. Ich kenne Sie zwar nicht persönlich, aber gelesen habe ich über Sie. Ich selbst bin ebenfalls Künstler, wenn ich das in aller Bescheidenheit so sagen darf.

Das macht nichts, Vogeler, ich kenne sie doch alle.

Und woher kennen sie mich Herr Beuys?

Das war, als ich auf der Krim war.

Aber lieber Herr Beuys, ich war 1924 auf der Krim, da waren sie drei Jahre alt, das kann also nicht sein.

Glaub mir, Vogeler, auf der Krim, im zweiten Weltkrieg 1943, also 19 Jahre später, dass ich da war. Per Erdtelefon waren wir über eine weite Strecke miteinander verbunden. Du hast mir wahnsinnig leid getan da in der kasachischen Steppe.

Aber Herr Beuys, 1943 da war ich doch schon ein Jahr lang tot.

Eben drum, Vogeler, aber lassen wir das.

Weswegen rufst du mich an?

Wie ich schon sagte, Herr Beuys, ich habe mich ausführlich mit ihrer Kunst befasst, alle Hochachtung. Ihre Idee des erweiterten Kunstbegriffs und ihre bemerkenswerten Aktionen haben mich für ihre Lehren empfänglich gemacht. Meine eigene Stellung zur Kunst ist ja ins Wanken geraten, bereits vor dem Jetzt und Hier in Worpswede, gewissermaßen meiner Wiege. Also hier, an diesem Ort soll Neues entstehen, mir schwebt etwas in ihrer Richtung vor, sie wissen schon, innovativ, nachhaltig, streitbar, vielleicht auch eine Aktion?

Ja, ja, Vogeler, da mach ich gern mit.

Danke, Verehrtester, das ist außerordentlich großzügig von ihnen. Alles braucht ja seine Zeit, daher sollten wir möglichst bald beginnen. Wann, Herr Beuys, wann könnten sie denn frühestens hier eintreffen?

Ruf an, wenn du genug Holz zusammen hast.

Holz?

Ja Holz, Vogeler, soviel Holz wie du kriegen kannst. Damit schichten wir einen Berg auf, dann zwei, dann drei, bis wir ein Gebirge zusammenhaben. Was wir dann damit machen, entscheiden wir später.

Ein Gebirge aus Holz, Herr Beuys? Verstehe ich sie da richtig? Ich denke mehr an etwas Unumstößliches, etwas.......Unvergängliches.

Also, Vogeler, wenn das so ist, ruf den Picasso an, der hat mit Kunst viel Geld gemacht.

Meinen sie, Herr Beuys, dieser kleine glatzköpfige Spanier würde das alles bezahlen?

Nicht bezahlen, das macht der nicht, nänänä. Der ist einfach nur perfekt, für was, das werden wir dann schon sehen.

Tja, Herr Beuys, sie sind ja der Professor. Darf ich sie wieder anrufen, wenn ich mit Picasso gesprochen habe?

Mach das, Junge!

www.Picasso.com - Erst mal schauen. Tja, tausend und mehr Einträge.

Aber da, Guernica, ein Riesenbild, das Jahrhundertbild. Überwältigend! Ein Schnittmuster des Grauens. Nicht eine Kreatur, die unversehrt wäre, da schaut man dem Tod direkt in das Maul, hört die Schreie, fühlt die Angst, riecht das Blut. Ein Genie, dieser Picasso, den kann man nicht einfach so anrufen. Vielleicht kennt er die Arbeiten aus meiner Zeit als Kriegsfreiwilliger im ersten Weltkrieg, Karpaten, Galizien, Frankreich. Aquarelle und Skizzen, gefällige Sachen, kein Sterben weit und breit, allenfalls von Manieriertheit durchdrungenes

Leiden, und das, als man sich gegenseitig an der Front erschossen hat. So war das doch.

Im Frieden erst war es, dass ich im Gefecht stand, ja. Also jetzt nur keinen Rückzieher. P. wie Picasso, Pablo.

Ja, hallo, wer ist da?

Ich, Heinrich Vogeler. Spreche ich mit Pablo Picasso?

Ja, du sprichst mit mir.

Darf ich sie etwas fragen, Herr Picasso?

Ja, frag nur, ich kenne dich zwar nicht und weiß nicht woher du anrufst, aber nur zu. Ein Interview mit mir kostet dich 500 Euro pro angefangene Stunde.

Ich rufe aus Worpswede an.

Aaah, Paula.

Nein, nicht Paula, Heinrich. Heinrich Vogeler. Nun gut, die Zeit läuft, was wolltest du mich fragen?

Ich wollte sie fragen, verehrter Herr Picasso, ob sie an einem Projekt, das, kurz gesagt, hier an diesem Ort eine Wende herbeiführen soll, interessiert sind. Also Kunst und Leben, erweitert gewissermaßen, also etwas, was sich unter anderem auch als soziale Strömung von diesem Punkt aus global ausbreiten soll, und zwar so explizit, dass, …also, dass sie keinesfalls ihren Ursprung wie ein Schild vor sich her tragen muss, also, … wie soll ich sagen… ich finde keinen Namen für so einen epochalen Umbruch, wir sind da auch noch ganz am Anfang. Ich frage sie also, ob sie da eine Idee hätten und ob sie bereit wären, uns bei der Umsetzung des

Projektes behilflich zu sein. Der Beuys wäre auch dabei, Joseph Beuys.

Kenne ich nicht. Und konkret?

Was meinen sie damit, Herr Picasso?

Na was schon, wie viel ist es euch wert, wenn ich mitmache?

Ach, lieber Herr Picasso, da muss ich sie enttäuschen, wir haben kein Geld.

Also gut, ihr seid geizig, das gefällt mir. Deshalb schlage ich vor, wir formen aus eurer Erde eine geflügelte Plastik, richten sie auf, verbiegen sie fremd und lassen sie frei. Anonym. Das kostet euch nichts. Meine Bedingung ist, dass du Paula ranschaffst und eine Hand dafür ins Feuer legst, dass dieser Beuys meinen Minotaurus nicht mit einer Ziege verwechselt.

Oh, es wird mir ein Vergnügen sein, verehrter Herr Picasso. Ich kann es kaum erwarten, sie zu sehen.

Ja, gut. Was muss mein Chauffeur in das Navi eingeben?

Teufelsmoor, verehrter Meister, Teufelsmoor, sie werden es schon finden, und vergessen sie das Navi, es würde sie nur in die Irre führen. Also bis dahin!

Mensch Vogeler, denkt Vogeler und schaut in den sternenklaren Himmel. Worpswede, oder wie immer du heißen wirst, was kann aus dir noch alles werden!

UNESCO Weltkulturerbe

Der Anlass meiner Reise von Buxtehude nach St. Moritz war eine Einladung, eine sehr erfreuliche, und so ganz unerwartet.

Ich weiß nicht, ob ich eine solche Reise ohne diese Einladung jemals in Erwägung gezogen hätte. Ein so gebirgiges Land, diese Schweiz. Meine Angst, mich in Schluchten zu verlieren oder Gipfel erklimmen zu müssen, begleitet mich schon ein Leben lang. Thüringer Waldwipfel Höhe, und Schluss.

Nun war es also so, dass mich die Rhätische Bahn zum Ende dieser langen Reise mit Zwischenstation in Zürich noch von Chur nach St. Moritz befördern sollte, meiner Recherche nach die gefährlichste Strecke der Reise.

Eine Durchsage forderte dazu auf, aus dem Fenster in Fahrtrichtung links zu schauen, denn in Kürze würde man über eine nun in den Blick geratene, außergewöhnliche Brücke fahren, die über eine außergewöhnlich tiefe Schlucht führt, so und so lang ist, und hoch, …. und noch irgendetwas, oder so. Ein UNESCO-Welterbe, wie ich zuvor in meinem Reiseführer gelesen hatte.

Auf meinem komfortablen Fensterplatz sitzend, dachte ich, wenn ich da hinüber führe, würde meine gerade eben noch beherrschbare Beklemmung wachsen…. wachsen und wachsen, ein Desaster! Schiefergebirge…, Schluchten… , Brücken…reißende Wasser! Nein! Ich muss aus dem Zug aussteigen, am besten auf eben dieser sich annähernden Brücke, und dann muss man sehen.

Ich schloss die Augen. Eine bewährte instinktive Schutzmaßnahme. Mitten auf der Brücke sprang ich aus dem fahrenden Zug.

Besetzte sie einfach, diese beeindruckende Konstruktion aus Stahl und Beton, kaum zu glauben, dass sie mit den schmalen, nach oben hin sich noch verjüngenden Brückenpfeilern überhaupt etwas tragen könnte, diese Bilderbuchbrücke. Aber dazu ist sie ja schließlich da.

Ein besetztes UNESCO-Welterbe in der Schweiz! Eine Schlagzeile!

Kühn setzte ich noch etwas obendrauf. Teil dieses UNESCO-Welterbes zu werden muss nichts utopisches sein, ich käme ja sowieso nicht mehr weg davon, so wie die Dinge im Moment standen. Denn wenn der nächste Zug anrollt, würde es wirklich eng werden für mich.

Deshalb ließ ich mich vorsichtig und in Körperlänge an dem höchsten Pfeiler hinab gleiten, bis meine Füße auf einem hervortretenden Stein Halt gefunden hatten. Sicher stehend breitete ich weit meine Arme aus, die Handflächen zeigten dabei nach oben... engelsgleich könnte man sagen, engelsgleich, höher geht nicht!

Für die schmucklose Brücke stellte ich optisch einen Zugewinn dar, denn aus der langen Kurve, die der nachfolgende Zug nun nahm, wurde mir enthusiastisch zugewunken, Kameras und Smartphones dokumentierten diese einzigartige Darbietung. Ein

Pfeifsignal, vermutlich aus dem Antriebswagen, unterstütze diese Huldigung.

Es gefällt mir sehr, Teil eines UNESCO-Welterbes gewesen zu sein. Der Grund dafür spielt überhaupt gar keine Rolle.

Der Herr gibt's den Seinen im Schlaf!

Mein Name ist Hansen

Ach, der Bleistift, immer wieder rollt er vom Schreib-tisch herunter, denn der steht schief. Suchen, bücken, aufheben. Sogleich noch beugen, strecken, von Kopf bis Becken Wirbel für Wirbel aufrufen. Einen Arm über den Kopf heben, Großbuchstaben in die Luft malen. Gerne Wörter, in denen mindestens zweimal der Buchstabe O vorkommt, wie zum Beispiel in dem Landschaftswort MOOR. Das O stellt so gut wie keine Ansprüche an die Konzentration, während das Ä und ähnliche, mit Geäst beladene Buchstaben zu lässigem Gehabe verführen. Und Wechsel, rechts, links; das alles braucht seine Zeit, geht es doch um die Balance.

Möglich, dass das übertrieben scheint, doch Häuser, auf moorigen Grund gebaut, in Küstennähe an einem Strom gelegen, sind keinesfalls tote Kästen, ruhelos neigen sie sich nach rechts und nach links. Manchmal glaube ich, dass es mir etwas damit sagen möchte, mein Haus. Man muss sich dieser Gegebenheit eben stellen, stabil bleiben und eins werden mit dem Haus. Möbel haben es einfacher, passen sich steif an. Ausgenommen die Wiege, sie steht im Lot.

Auch müssen zwei Träume aus der vergangenen Nacht schriftlich festgehalten werden. In welcher Reihenfolge darf nicht die Frage sein. Nachtträume sind ungeduldige Verwandte von Tagträumen. Und richtig, nach dem morgendlichen Turnen sind sie schon nicht mehr in allen Einzelheiten präsent, nur, dass ich in Not gewesen war.

Ich kenne Menschen, die ihre sie ängstigenden Träume mit Hilfe eines Aufwach-Schreies erheblich verkürzen. Bei mir ist das anders. Schon als Kind hätte ich niemals geschrien; ein braves Mädchen sei ich gewesen, wird gesagt. Das ökologisch wertvolle Land unter Normalnull hat also wieder einmal seine geschwätzigen Irrlichter ausgesandt.

Tagsüber, ja, da gibt man sich im Schein der Sonne unbekümmert und schwelgerisch dem Zauber der endlos erscheinenden Sumpfwiesen hin. Über hundert Pflanzenarten locken Frösche, Vögel und Libellen an, ein Sirren liegt in der Luft. Schmale, gradlinige Wassergräben mühen sich um das Blau des Himmels. Wer seinen Fuß noch niemals in ein lebendiges Moor hineingestellt hat, den hat es noch nicht gegraust. Das weiß hier jedes Kind. Und wenn der Tag geht, der Himmel brennt, dann ist das kein Produkt der Fantasie. So wenig, wie im späten Herbst oder im Frühjahr die Sturmfluten. Wenn der Pegelstand unaufhörlich steigt, ist alles, aber auch alles infrage gestellt. Man gewöhnt sich nicht, nie gewöhnt man sich. Was soll das auch sein, eine acht Meter fünfzig hohe Klei-Sand-Sicherheit gegen das gewaltig Naturgemäße, also wenn der Strom nicht mehr ebbt, das Wasser der Nordsee, hoch gepeitscht von einem Orkan aus Nordwest, flussaufwärts am dünnen Grasmantel der Schutzdeiche zerrt und tausende von Wühlmäusen aus ihren Löchern jagt?!

Marsch und Moor stehen blank. Ja, Menschenfurcht ist angemessen; der Meeresspiegel steigt.

Touristen kommen gern. Sie schätzen die Ruhe hinter dem Deich, den von Gezeiten auf und ab bewegten breiten Strom, das einfache Leben, den Hahn auf dem Mist. Es befördert ihre Tagträume. Ein durchlöcherter Kahn, eine Angel und ein altes Schleppnetz im Schuppen, das Wenige ist genug, um aus einem Kind einen alten Mann auf dem Meer werden zu lassen. Es sind Menschen mit Sinn für pure Natur, selbst bei Schietwetter rennen sie raus, eingepackt in Küken-Gelb erklimmen sie die Deich-kuppen, schreien sich fröhlich an im Sturmgetöse, sehen glücklich aus. Fotos werden gemacht. Serien von schwimmenden Hotels, fußballfeldgroßen Containerschiffen, unsinkbar wie Badewannenenten. Ihre Ferngläser sind groß wie Schiffsruder.

Und sieh mal, guck mal, schau mal, toll, wie die Segelboote gegen den Wind kreuzen!

Am Abend, wenn der Wind sich gelegt hat, ihr Ziel ein Absacker in der Gaststube ist, da sehen sie über den Moorwiesen zunächst nur einen weißen Vorhang schweben und am Ende dann doch noch knorrige, windschiefe Weiden und das, was sie in ihnen zu sehen wünschen. Auf dem Rückweg noch unheimlicher. Ich weiß nicht, was ihnen die blinden Fenster im Dorf sagen. Von den elf Häusern sind nur noch sieben bewohnt, der Trend nach einem beque-meren Leben hält an.

Anders mein Nachbarhaus hier im Ostebom, schon seit Kriegsende, nachdem die letzten Flüchtlinge das

Dorf verlassen haben, steht es leer. Villa Adios wird die Villa genannt, wohl, weil keiner der häufig wechselnden Besitzer darin jemals länger Fuß gefasst hätte. Es ist zweigeschossig und hat Stil. Seit über einem halben Jahrhundert nur noch auf sich gestellt, macht es was es will, wenn man das so sagen darf. So ist über dem prunkvollen Eingang das von Betonsäulen getragene Vordach in Teilen herabgefallen, die breite, elegant geschwungene Treppe hinauf zum Portal Stufe für Stufe gefährlich lückenhaft, bedeckt von Moos und altem Laub. Kaum noch zu erahnen die sandsteinfarbene Putzfassade, ausgewogen gegliedert durch bodentiefe Fenster, nun von Efeu überwuchert. Das alles und auch die überheblichen Giebelfenster im Obergeschoss, sie zeigen nach Osten und nach Westen, gehöre nicht hierher, sagt man hier. Dabei ist es das einzige Haus weit und breit, welches nicht schief steht.

Die über zwanzig Meter tief in den Grund eingelassenen Holzpfähle, von Grundwasser umspült, überdauern Jahrhunderte, halten es in der Waage. Im parkähnlichen Garten haben artfremde Gehölze einen schweren Stand, massige Steinskulpturen stehen wie grüne Monster bis zum Bauch im Sumpf. Auf einem Schild im Garten der Villa steht „Betreten des Grundstücks verboten!" Mehr dass man denkt, dass das darauf steht, so verwittert ist es. Sowieso halte ich mich nicht daran, bzw. meine Äpfel nicht, denn mein Apfelbaum ragt mittlerweile weit über meinen Zaun hinaus. Im Inneren des Hauses hat dicker schwarzer Schimmel die Seidentapeten erobert. Es riecht nach Moder. Verfall wohin man schaut.

Angeblich prominente und reiche Leute und auch Fremdländische seien da ein- und ausgegangen, hätten in den Zwanzigern und Dreißigern im Salon unzählige Feste gefeiert, das Parkett kaputt getanzt, heißt es. Mit jedem neuen Besitzer eine neue Mode. Ein Tollhaus. Ja, ein Tollhaus!

Es wird gesagt, dass nahezu jeder aus dem Dorf irgendwann von irgendeinem jeweiligen Besitzer empfangen worden ist, um irgendetwas mit ihm zu besprechen.

Nun also, das Herrenhaus, es soll weg. Den jungen Leuten ist das Schicksal des Hauses egal, aus wirtschaftlichen Gründen ziehen sie der Arbeit nach. Und die Alten, na ja, die reden ja nicht einmal mehr von Ebbe und Flut in ihrem eigenen Leben. Aber das Sagen, das haben immer noch sie. Und so hat ein Jemand einen Antrag auf Abriss der Villa gestellt.

Neben dem zugegebenermaßen erbärmlichen Zustand, den skandalösen einstigen Prachtbau aus den Augen verschwinden zu lassen, könnten unschöne Begebenheiten in der Kriegszeit eine Rolle spielen, zogen einige doch einen Nutzen aus der zeitweiligen Einquartierung ihrer Fremdarbeiter in die ausgeräumte Villa.

Auch Gefangenentrecks, streng bewacht von Uniformierten, sollen dort genächtigt haben. Und Schüsse seien gefallen, nicht nur einmal.

Aber im Grunde wusste man ja von nichts, wie gesagt, die Wahrheit bleibt in den Köpfen.

Mich muss man nicht fragen, meine Eltern, die Hansens haben sich aus all diesen Sachen herausgehalten. Hansen ist hier gerade nicht ein seltener Name. In den Ortschaften entlang des Flusses bis Hamburg trägt ihn etwa jeder Fünfte. Tja, wer wann etwas gesagt hat, zu wem und ob überhaupt, das ist schwer zu ergründen.

Aber was, wenn dein Name, auch wenn er noch so gewöhnlich ist, plötzlich herausbuchstabiert wird, keine feste Größe mehr darstellt? Kann man sich da seiner selbst noch sicher sein?

Seit vor einiger Zeit im Zuge der Umstellung auf moderne Datenträger eine vor 70 Jahren angefertigte Akte im Kreisamt zu einem Findelkind aus dem Jahre 1944 aufgetaucht ist, stelle ich mir die Frage, wer ich wohl bin, woher ich komme.

Die Aktenlage ist dünn.

Mit der Erstellung meiner Geburtsurkunde gibt es zeitgleich eine Fundsachenmeldung.

Blatt 1 Fundsache: Säugling.

Fundort: Ostebom, Haus Nr. 5, Türschwelle.

Herkunft: Ungeklärt. Fremdarbeiterkind?

Geschlecht: Weiblich.

Alter: Circa 24 Stunden, Augen: Braun.

Haar: Schwarz.

Zustand: Ausreichend bis gut.

Sauber gewindelt, eingewickelt in eine bräunliche Decke mit den Maßen:

80 cm x 100 cm.

Belassen in der Obhut der Finder Familie Hansen,
wohnhaft in Ostebom,
Haus Nr. 5
Neuenkrampe, den 13.März 1944
Der Bürgermeister

Anlage:
Schwarzweißfoto. Sieben Zentimeter x fünf Zentimeter, gezackter Rand.

Es zeigt eine kleine ausgebreitete Decke. Nur muss man ein Vergrößerungsglas zur Hand nehmen, um an den Rändern ein Ornament erkennen zu können, eine durchgehende Linie in Mäanderform. Die gleiche Verzierung trägt auch die Decke, womit meine Wiege ausgelegt ist. Wieder und wieder taste ich das Muster ab, zeichne sie mit den Fingern nach und bin mir gewiss, die Hansens, sie haben mich vor ihrer Tür gefunden, über eine Schwelle in ihr Haus getragen und in ihre Wiege gelegt. Sie haben mich behütet, waren fürsorglich so gut sie es wissen konnten und darüber hinaus. Fragen kann ich sie nichts mehr.

Stefan

Er, der Stefan ist vierundzwanzig Jahre alt, sagt Stefan, wenn man ihn nach seinem Alter fragt. Und gern erzählt er auch von seiner Familie. Zum Beispiel, dass es noch einen Bruder gibt, der Thorsten heißt und viel älter ist und zwei linke Hände hat. Und eine Schwester die Katrina heißt und einundzwanzig Jahre alt ist, und eine korrupte Sprengstoffladung.

So sind sie eben, der große Bruder und die kleine Schwester, sagt Stefan. Und weil der Thorsten sowohl mit der rechten als auch mit der linken Hand schreiben kann, ist er für ihn, den Stefan, ein Beispiel irrsinniger Zweigleisigkeit. Der Thorsten wohnt in einem Bungalow nebenan, managt zwei Familien, seine eigene und uns Geschwister, weil es die Mama nicht mehr gibt und den Papa nicht.

Das ist nicht gut für den Stefan, sagt Stefan.

Der Stefan ist nämlich der wichtigste in der Familie seit damals, als die Hirnhautentzündung den Stefan krank gemacht hat. Zu spät erkannt. Alles war plötzlich anders, für den Papa, die Mama, den Thorsten und die Katrina. Ja, er, der Stefan krampft, nicht oft, aber todsicher und ein Leben lang. Und so ist er, weil er das damals überlebt hat, zu ihrem Glücksfall geworden. Ohne Krampfanfälle kein Glücksfall. Das ist gerecht so.

Wenn es Scherben oder umgekippte Möbel gibt, ist das kein Thema, es ist wie das Gelbe im Ei. Punkt. Aus. Hauskultur.

Der Stefan braucht niemanden, der ihm etwas vormacht. Helfen lassen ja, wenn wieder einmal die Wände wackeln, Bäume tanzen, Häuser einstürzen, ihn durchschütteln. Viel zu tun gibt es dabei nicht. In keinem Fall biegen und brechen. Sind vor Schreck meistens selbst wie gelähmt, die Helfer.

Und wenn der Thorsten herüberkommt, gibt es etwas zu besprechen, meistens wird getan, was besprochen worden ist. Der Thorsten hat ja das Sagen, sagt er. Dieses mal war es anders, sozusagen ist sein Kümmern in das Haus gekracht. In das alte Elternhaus, angeblich tanzt es aus der Reihe. Aber doch nur, weil die Straße sich verändert hat, ist meine, Stefans Meinung, verglaste Stadtvillen sind im Anmarsch.

Aber Thorsten sagte, die neuen Leute stieren auf dieses Haus wie auf eine Frechheit, die ihnen die Luft zum Atmen nimmt. Und darum muss ich euch sagen, so wahr ich euer Bruder bin, so kann es eben nicht weitergehen, wir müssen im Haus und an dem Haus etwas tun. Wir werden es vom Keller bis zum Boden grundsanieren, schließlich ist es ja auch euer Zuhause. Und weil wir schon dabei sind, überlegen wir uns auch etwas für die Außengestaltung. In jedem Fall aber muss das angebaute Dings da oben weg, schaut aus, wie angeklebt, es stört das Gleichmaß.

Und genau dazu musste ich, der Stefan, nun nein sagen, das geht nicht, die zwei kleinen Fenster da oben im Dings sind Mamas Augen. Ohne ihre Augen ist das Haus wertlos!

Das bildest du dir ein, hat Katrina gesagt.

Und Thorsten hat gesagt, darauf werden wir auch keine Rücksicht nehmen können.

Und ich, der Stefan, habe gesagt: Doch, müssen wir! Mama bleibt drin, so wahr ich Stefan heiße!

Ada

Stunde um Stunde sitzt das Mädchen nachts am Schreibtisch und schreibt. Es ist die Stimme meiner Mutter, die ich höre. Ich weiß, ich sollte das für mich behalten, denn sie ist tot und begraben.

Auch der Vater, aber sie ist anders tot.

In der ganzen Welt stehen Schreibtische herum, die dem des Vaters ähnlich sind. Zumeist sind es kantige Möbelstücke. Ältere Modelle, wie der seine, verfügen über einen festen Schubladenunterbau. Die Schreibplatte misst ein Meter fünfzig mal ein Meter siebzig, Eiche massiv, von Vaters Fingerabdrücken wie gestempelt, schwarz und blau. Seine Hände waren keine Schreibtisch-Hände, nicht geschaffen für komplizierte Tintenfässchen. Brandlöcher von Goldmann Zigarren, Verletzungen mittels scharfer Gegenstände und eine nicht mehr zu öffnende Schublade machen das Erbstück unverwechselbar. Von diesem Schreibtisch aus hat ein guter Vater, ein guter Ehemann und erfolgreicher Obstbauer jahrzehntelang Geschicke geleitet sowie gezwungenermaßen Buch geführt. Das schwarze Buch. Die Seiten sind unterteilt in Spalten für Einnahmen, Ausgaben, Mensch, Tier, Pflanze, Maschine, Gebäude, Ländereien und Wetter. Seine Qual hat er es genannt, das große Buch. Dem Vater zu jeweiligen Anlässen ein passendes Geschenk zu überreichen war kinderleicht, unverdrossen zeigte er sich immer wieder überrascht, minutenlang pries er lautstark die Vorzüge des neuen, wunderschönen Füllfederhalters.

Allabendlich sitze ich an diesem Schreibtisch, lege meine Hände auf die Schreibplatte und betrachte sie, ein Ritual wie eingestanzt. Ich betrachte sie, bis die geistige Mahnung der Eltern formuliert ist: Hände sind zum Arbeiten da. Schreiben ernährt nicht den Mann. Schon gar nicht die Frau. Davon kann man nicht leben.

Deshalb fällt es mir nicht schwer, zu denken, dass die Eltern aus anhaltender Sorge um mich noch keine Ruhe gefunden haben könnten, erklärt aber nicht, warum ich an diesem Schreibtisch sitze und schreibe.

Vielleicht ist es Trotz! Also nimm den sechskantigen, dunkelgrünen Faber Castell 5B zwischen deine Finger, halt ihn fest und schreib, und ja, gib ihm Leine wie einem verspielten Hund. Und setz nicht zu hart auf, die Spitze könnte das Papier ratschen, die weiche Mine abbrechen, ein feines Klicken nur, so als wäre nichts passiert. Oh, da täuscht man sich. Papier verzeiht nichts.

Gegen Ende der Nacht stolpern Wörter über Sätze, Unsinniges reimt sich, Verbesserungen verbessern nichts. Blindes Blinzeln mahnt, den Bleistift endlich fallen zu lassen, aufzustehen, den Raum zu verlassen, die lange dämmrige Bauernhausdiele entlangzugehen, einen Bogen machend um einen abgestellten Stapel ungeöffneter Umzugskartons aus einem anderen Leben. Rechts und links reihen sich Türen, hinter denen unbewohnte Stuben schlafen.

Auch mein Mädchenzimmer, ganz in Weiß, es träumt vor sich hin, großartig gespiegelt in der dreiflügeligen Frisierkommode. Es ist mir fremd, verlockt nicht zum Verweilen.

Die Hof- und Gartentür knarrt wie im Selbstverständnis. Tageslicht fällt in die Augen, der Garten leuchtet. Im morgendlichen Schattenwurf eines in den Himmel wachsenden Kastanienbaumes, einem Grenzbaum ohne Grenzen, entdecke ich Ada auf ihrer Bank. Ada, wie sie von der Gartenarbeit verschnauft, auf ihr Werk und auf ihr Haus schauend.

Im Gegensatz zu den im Obstland an der Unterelbe vorherrschenden Strohdachhäusern wie dem meinem, trägt das ihre ein rotes Ziegeldach, ist zweigeschossig und von harmonischer Schlichtheit, feudal könnte man sagen. Am vorderen Eingang führt eine breite Treppe zu einem Portal mit einem von drei Säulen getragenem Vordach. Wie vieles andere ist auch die Haustür in keinem guten Zustand. Der auffällige, sechseckige, silbrig glänzende Türknauf wirkt wie eine Tapferkeitsmedaille auf einer zerschlissenen Uniform. Und doch, ein Anwesen, wie es hier kein zweites gibt.

Ada ist von mittelgroßer Statur, schlank, scheint sportlich, ist es aber nicht, beweglich ja, das trifft eher auf ihre Rastlosigkeit zu. Das glatte, weiße Haar trägt sie aufgesteckt, irgendwie, und nicht vorteilhaft.

In Arbeitskleidung und kniehohen schwarzen Gummistiefeln müht sie sich in den frühen Morgenstunden durch ihren Garten. Begleiter ist die Schubkarre, beladen mit Harke, Spaten, Besen, Schere, Säge, Axt und Beil. Gelegentlich winkt sie mit dem Spaten herüber, überreicht mir eine Rose, die schönste aller Rosen.

Sie ist Knecht ihres Gartens, könnte man meinen, wenn sie andererseits nicht an warmen Sommerabenden in weißen Kleidern, oder im frostigen Winterschnee mit einem lässig übergeworfenen Zobelmantel die Kieswege entlang schwebte.

Von den überwiegend älteren Leuten im Ort wird sie gemieden, was auf Gegenseitigkeit beruht. Ein Schwan auf dem Trockenen sei die Dame, wird gesagt. Stolz. Unnahbar. Verstockt. Vermessen. Planlos. Unmoralisch. Streitlustig. Ungläubig. Unberechenbar. Ein Buch könnte man über diese Dame schreiben!

Sie selbst hält sich mit Schimpf nicht zurück und sagt, neidisch wären sie gewesen, die Leute, neidisch auf meine Jugend, meine Schönheit, das noble Haus, meine Garderobe, die Autos, die interessanten Gäste, den vermögenden Ehemann und sogar darauf, dass der nach zwei Ehejahren wieder verschwunden war, dieser Edelmann. Selbst dein Unglück neiden sie dir, auch, dass du so bist, wie du eben bist. Einfach alles!

Gewöhnlich ist sie unübertroffen einsilbig, wünscht, dass es zu keinem Gespräch kommt. Das respektiere ich. Sagt sie nichts, sage ich nichts. Gelegentlich spricht sie mich an und sagt: Auf ein Wort, Verehrteste. Ihr Wort natürlich. Unter gar keinen Umständen erwartet sie einen Kommentar. Was sie wohl denkt, wenn wir uns auf der Bank unter dem Kastanienbaum schweigend unterhalten und den geschäftigen Ameisen zuschauen? Ob ich ihr wohl etwas bedeute?

Vor einigen Tagen, kündigte sie eine ihrer wiederkehrenden Reisen zu Freunden in eine nahe gelegene Klinik, einem Sanatorium, wie sie sagt, an. Wie nebenbei bemerkte sie, dass sie mich in den letzten Tagen des Nachts hätte sprechen hören. Ich höre, was sie nachts schreiben, sagte sie wörtlich. Wie soll ich das verstehen? Meinte sie, sie höre mich nachts schreiben oder meinte sie, sie höre mich sagen, was ich schreibe? Gut, ich kann nicht ausschließen, dass ich das eine oder das andere lange gesuchte und endlich gefundene Wort etwas lauter ausgesprochen haben könnte. Und weil ich zum fraglichen Zeitpunkt auch vom Thema abzukommen drohte, mich verzettelt hatte, was Zeit kostet, hinderlich ist, unwirsch macht, da mag es sein, dass ich einige Male vor mich hin geredet habe, mir mahnend selbst ins Wort gefallen war, auch lautstark, ja. Andererseits weiß ich, wie es ist, wenn im Alter das Hörvermögen abnimmt. Seit einigen Jahren schon sind wir über siebzig Jahre alt, Ada wie auch ich. Auch ist der Abstand zwischen unseren beiden Häusern beträchtlich, aber gewissermaßen auch unbegrenzt.

Vielleicht könnte ein Wort zur Aufklärung dieses Vorkommnisses …? Kein Kommentar, würde sie entgegnen.

Vor ihren jeweiligen Abreisen legt Ada mir ihre ständige Gefolgschaft, die Henne Else in die Arme, hängt ihre ausgebleichte, ehemals blaue Schürze, eingefasst von einer geblümten Bordüre und mit zwei langen Bändern versehen, an den Knauf der Haustür und sagt: Besser so.

Und wenn dann eines Tages aus dem Garten aufgeregtes Fleuchen, Flattern, Rennen, Kreischen und Gackern zu hören ist, dann weiß ich, Ada ist wieder da.

Dieses Mal ist es anders. Sie wird nicht zurückkommen. An dem Silberknauf der Haustür hängt anstatt ihrer Schürze ein Schild

ZU VERKAUFEN

Karl – Eine Reise

Den 16.November 2018, gestern noch goldener Oktober.

Meine Rückreise hat zu früh ihren Anfang genommen, ich bin zu früh auf dem Bahnhof in Wittenberge. Zu früh. Zu früh.

Was nützt mir das Warten?

Eine ausgeweidete Bahnhofshalle, Kacheln hoch und weit, vergilbter Glanz von der Decke bis zu den abgetretenen Fliesen auf dem Fußboden. Zwei Bänke aus grauem Gitterstahl, irgendwo mittendrin angelehnt, als wollten sie sich ausruhen. Aber wovon? Sowieso sitzt niemand hier, geht, oder wandelt. Und aus der Entfernung könnte man den unscheinbaren Fahrkartenschalter am Ende der Halle für ein Schließfach halten, wenn nicht hinter der Sprechmembrane ein Gesicht zu sehen wäre.

Die Uhr zeigt 17 Uhr an.

Vor gut einer Stunde in Lenzen noch den steilen Burgweg hinaufgegangen, die St.Katharinen-Kirche umrundet, den Blick an der Silhouette des quadratischen Turmes entlang in die Höhe gerichtet, wobei es mich geschwindelt hat. Zwischen Kirchenplatz, Marktplatz, Bushalteplatz macht man hier keinen Unterschied. In Lenzen gibt es keinen Bahnhof. Seit 1945 nicht, da wurden die Schienen demontiert, verladen und als Reparationsleistung in die Sowjetunion verbracht. Seither fährt man von Lenzen nach Wittenberge mit dem Bus. 50 Minuten dauert eine Fahrt. Ich weiß nicht in welchen Abständen.

Und eine Stunde vor der vereinbarten ist schon das bestelle Taxi auf dem menschenleeren Platz eingetroffen, wie zufällig auch ich auf meiner Erinnerungstour.

Ich bin gern vor der Zeit da, sagt der Herr Krull und öffnet die Beifahrertür. Sie wollen also zurück nach Wittenberge?

Ja, aber doch erst um 17 Uhr .

Wie wir zwei, der Krull und ich in der Dämmerung im klimatisierten Auto 35 Kilometer über die Dörfer durch die Mecklenburgische Landschaft fahren, seinerseits mit weniger als 50 Stundenkilometern dem Zeitplus etwas entgegensetzend, wie wir also ein halbes Jahrhundert und mehr in nicht einmal einer Stunde beleuchten, das steht im Einklang.

In den Fünfzigern und den Sechzigern haben wir in Lenzen die gleiche Schule besucht, die gleichen Lehrer erlitten. Sein Vater war verfeindet mit meinem. Krull weiß das nicht. Aber ich erinnere das. Aus christlicher Verantwortung und Überzeugung hat Vater ihn nicht seinen Feind genannt, sondern einen Widersacher, diesen Genossen Krull, der es gewohnt war, als Alleinherrscher über das Nausdorfer Schulhaus zu verfügen wie er es für richtig hielt. Und wer mit Filzpantoffeln das Parkett beherrscht, der ist da Zuhause. So war die Zeit.

Zankapfel war die Nutzung des einzig vorhandenen Klassenzimmers. Es gab hier, wie auch in den anderen Dörfern, die zu Vaters Gemeinde zählten, für den normalen Unterricht bis zum sechsten Schuljahr nur eine Universallehrkraft für alle Fächer,

Abstammungslehre nach Darwin inbegriffen. Religionsunterricht sei für die Dummen, predigten die einen und der andere durfte dem nichts entgegensetzen. In Nausdorf geriet das zu einer mit Krull und Vater besetzten filmreifen italienischen Posse, die keineswegs komisch war. Und eines Tages platzte die Bombe genau unter meinen Füßen. Krull, wurde versetzt, bedauerlicherweise nach Lenzen an meine Schule. Ein strenger Lehrer. Meine Noten eine Abmachung auf Linie, nicht anfechtbar, für ihn war ich ein Niemand, dem nicht einmal Strenge zuteil werden durfte.

Ja, streng war er auch zu mir, sagt sein Sohn, ich wünschte mir manchmal, er ..... und das was er sich damals gewünscht hatte, sagt er jetzt nicht. Und es gibt ja auch andere Lehrer über die wir zu reden haben. Unsere Stimmen gleichen sich da an. Und dann beugen wir uns noch über das Hier und Jetzt. Wirtschaftsaufschwung? Nee, nix. Zellwolle, weg, und Nähmaschinenfabrik abgewickelt.Treuhand, alles verschachert. Film gesehen? Ja, ja, ist alles viel zu schnell gegangen.

Wittenberge kränkelt an seiner Lage, sagt er. Ansiedlungen sind abhängig von der Fertigstellung der Autobahn, die direkt an der Stadt vorbeiführen soll. Touristisch geht ein bisschen was. Aber die jungen Leute wandern ab. In den Westen. Ein Sohn lebt in Hamburg, und ein Enkel. Und dieser Enkel, ja prima, der hat sich verliebt in diese Gegend, ist das nicht wunderbar? Die Elbe, die Biotope, die Auen, die Wälder, und er, der Großvater, er ist der Beste.

Das Kind kennt das andere nicht, nicht wie man hier zu leben hatte noch bis vor 30 Jahren.

Krull redet noch ein Weilchen, umrundet den Bahnhof, aber irgendwann muss ich doch wohl aussteigen, er wünscht eine gute Heimreise, vielleicht sieht man sich mal wieder. Ja, ja und raus in den kalten Abend.

Auf meiner Herreise in der Frühe hatte die Sonne wie unentschlossen an einem blass blauen Himmel gestanden, am Mittag dann, wie zum Trost sich doch wärmend auf schwarze Mäntel und Hüte gelegt und nun ist es schon dunkel geworden.

Das Gesicht hinter dem Sprechloch lässt die Jalousie herunter. Fahrkarten für heute aus.

Auf Gleis 4 eine Durchsage mit Verspätungsankündigung und einer Zugwarnung. Ein Gespenst aus dem Nichts, gewissermaßen schon wieder weg, wenn es noch gar nicht da ist. Gefährlich nah am Menschen. Einfahrt EC nach Kiel über Hamburg.

18:05 Abfahrt. Kurzer Halt in Büchen. Vor mehr als 30 Jahren lag Büchen noch im goldene Westen oder Drüben, wo schicke Autos fuhren und Sylt ein Wochenenddomizil, und wir uns als ein Volk von Brüdern und Schwestern im geteilten Deutschland verstanden haben, vornehmlich in diesem unseren Land. Ja, da beginnt nun Wessiland.

Der Zug kommt aus Bratislava.

Im Abteil kaut einer Stulle, ein Rucksack verkeilt Beine, Buchseiten wechseln, Tasche, Beutel. Smartphone. Brillen, Gesichter, Leiber, Haare, Schuhe, Hände. Ich bin ohne Gepäck. Und ohne Buch.

Karl und nun zu dir, dem Grund der Reise. Da waren erst Bedenken, so viele Abschiede in diesem Jahr. Und müde geworden, das auch.

Hast du gesehen, wie viele Menschen sich aufgemacht haben, um sich von dir zu verabschieden, Weggefährten, Kollegen, Nachbarn, Freunde? Längst nicht alle finden einen Platz in der Kapelle.

Auf meinem Stuhl neben dem Keyboard liegt ein Liederbuch und eine dunkelrote Rose für ...., ich weiß nicht warum man das tut; aber so ist das hier. Einen Eichensarg hat man für dich ausgesucht, nicht aus rohem Holz, das nicht, man erkennt das am Glanz. Der Keyboard Spieler intoniert. Zeit noch, die Blumenkränze und Gestecke zu betrachten. Rosen und weiße Blumen, weiße Blumen und Rosen. Auf einem der Gesteckschleifenbänder mein Name.

Die Pastorin, eine schöne, noch junge Frau, überdies kleidet sie der Talar. Sie hält Fürsprache, spricht Gebete, berichtet aus deinem Leben, so wie es erwünscht war. Nennt dich bei all deinen Vornamen, Großelternnamen. Zwischendrin das Keyboard und ich sehe im Notenheft auf dem Keyboard „Mein Brandenburger Land" aufgeschlagen. Du hättest dich als Brandenburger verstanden, sagte die Pastorin, nicht als Mecklenburger. Du könntest zufrieden sein, Karl!

Die Träger treten heran, heben den Sarg an, schultern ihn und tragen ihn hinaus, hin zum nur wenige Schritte entfernten Familiengrab.

Das ist tiefgreifend endgültig, Karl.

Ein Gebet, eine Segnung. Von weiter her ist ein Horn zu hören, die Töne brechen ab, kaum dass sie an die Ohren dringen. Ein alter lieber Kollege, dem die Luft ausgegangen war. Auf die Neunzig zu. Nach allen anderen Kondolierenden steht er am Grab und spricht zu dir und wie es scheint zu sich selber. Und vielleicht hat er auch etwas ausgelassen....

Und Helga ist da, Karl, ganz du. Und so viele aus der alten Klasse Beileid, Beileid, Beileid. Wenn man den Leuten bei der Handreichung in die Augen schaut, steht da auch eine Frage geschrieben.

Alle gehen mit in das Cafe am Markt. Eine Feier auf Dich, Karl. Am Ende sagt Helga, so hat Karl sich das gewünscht, und begleicht die Rechnung.

Und dann noch an die Elbe und die Löcknitz und ja, der weite Blick über die Wiesen bis zum Höhbeck hinüber auf der anderen Seite der Elbe. Und du, Karl, du weißt es am besten, bis zu der Wiedervereinigung war der Strom von der Altmarck an bis nach Boizenburg noch schwer bewachte deutsch-deutsche Wassergrenze, und du privilegiert im Hinüberblicken, weil deine Felder direkt hinter dem Deich begannen.

Bei Hamburg, im Alten Land, da hat sich schon mal der eine oder der andere Gruß in unserem Schlick verfangen. Jedenfalls schien es mir doch manches mal so.

Trockenes Herbstlaub am Ufer der Löcknitz, an anderer Stelle flussabwärts unser Kindheitsparadies, mit Kahn und Paddelboot, segelnd, schwimmend, tauchend, Schlittschuh fahrend. Und später, als klar war, dass sich die Löcknitz in Dömitz mit der Elbe vereinigt, da schickten wir selbst geschnitzte Borkenschiffe mit einem an einem Streichholz befestigtem Papierfetzen auf die Reise nach Amerika.

Schau, wie sich im Zweigwerk der schiefen Weiden das Rot der Sonne verfängt, die Wildenten über dem Wasser dahin gleiten, ein Schwan vorbei zieht und hinter der Biegung auf der gegenüberliegenden Seite im „schwarzen Loch" verschwindet, du weißt, diese von Rohr, Schilf und Sumpfgras beschützte geheimnisvolle Ausbuchtung der Löcknitz.

Lieber Karl, ich denke, dass sich der Fluss dort ausruht.

Danksagung

Mein Dank geht an :

Detlef Fluch
Barbara Foltz
Jutta Heinrich †
Hannelore Penkert
Veronika Trojan